AF366960

Eppure, proprio tu
e altri racconti

Claudio Cajati

Youcanprint *Self-Publishing*

Titolo | Eppure, proprio tu e altri racconti
Autore | Claudio Cajati

ISBN | 978-88-91188-16-8

Youcanprint Self-Publishing
Via Roma, 73 – 73039 Tricase (LE) – Italy
www.youcanprint.it
info@youcanprint.it
Facebook: facebook.com/youcanprint.it
Twitter: twitter.com/youcanprintit

Indice

Eppure, proprio tu

Ci siamo conosciuti sin da bambini. Abitavamo nello stesso viale, un viale corto e cieco, il viale Malatesta. Ci vivevano pochissime famiglie. Le nostre in due villette contigue, vicinissime. La mia, una grande e bella casa; la tua, una casa piccola e modesta.

Dirimpettai, ci affacciavamo da due balconcini. E da lì potevamo guardarci quasi negli occhi, confidarci a bassa voce. Io, Ernesto, di famiglia benestante, spavaldo e carino; tu, Gilda, di famiglia proletaria, timida e bruttina.

C'era molto feeling fra noi. Ci piaceva un mondo scambiarci sfoghi, progetti, paure e speranze. Tu, mi ricordo, cercavi ogni tanto di portare l'argomento sul nostro futuro. Forse avresti voluto sentirmi dire che mi volevo fidanzare con una come te. Anzi proprio con te. E poi, da grandi, addirittura sposarti.

Ma tu eri bruttina, proprio bruttina. L'intesa fra noi si fermava davanti all'ingresso, per te sbarrato, del Regno della Bellezza. Allora io cercavo di cambiare argomento. Tu capivi, incassavi, accettavi.

Ricordo che i miei genitori facevano ogni tanto discorsi in cui non lo si diceva chiaramente, ma lo si lasciava filtrare: uno carino come me poteva e doveva aspirare a sposare una carina. Anzi proprio una bella. E io ero d'accordo.

Così, superata la pubertà, mi sono messo alla ricerca di questa bella alla mia altezza. E, dopo molti flirt di brevissima durata, mi sono fidanzato con Barbara. Una belloccia sensuale e disinvolta, abbastanza sciocchina da farmi sentire intellettualmente dominante, perfino più intelligente di quel che sono e so di essere.

Io e Barbara eravamo entrambi studenti a Giurisprudenza. A seguire le lezioni sempre l'uno accanto all'altra. A me toccava spiegarle i molti argomenti che lei faticava a capire, o proprio non riusciva ad afferrare. A lei, dopo la mia paziente prolungata spiegazione, toccava ringraziarmi. Lo faceva senza parole, a modo suo: con la mano morbida, insinuante, scivolava furtiva fra le mie cosce. Uno scambio asimmetrico, per me molto piacevole. Lei mi andava bene così. Belloccia, sciocchina e disinibita. Non pensavo mai a un'alternativa.

In quegli anni in cui ero preso dagli studi universitari, mi capitava ogni tanto di incontrarti, Gilda. Con il tuo sguardo vivace e tenero, il tuo sorriso benevolo e malinconico, e sempre bruttina. Tu non avevi potuto permetterti l'università, e ti arrangiavi con vari lavoretti. Un tempo la differenza di classe sociale fra noi era praticamente ininfluente sulla nostra amicizia di ragazzi. Ora il divario pesava: tu commessa o colf senza prospettive di miglioramento, io studente universitario e futuro avvocato.

C'era ancora fra noi la pallida eco del nostro feeling d'un tempo. Ma era un'emozione fiacca, sempre più sbiadita, quasi amaramente patetica. Anche se tu – me ne rendevo ben conto nei nostri fugaci incontri – cercavi di rinverdirlo quel feeling con allusioni discrete che mi mettevano in imbarazzo. Combattuto com'ero fra passato e futuro. Il passato che ci aveva visti vicinissimi, il futuro che ci avrebbe allontanati sempre di più.

Quando mi sono laureato, ho subito aperto il mio battagliero studio di avvocato. Avevo bisogno di una segretaria, ovviamente. Barbara, ancora mia fidanzata, anche lei laureata e mia collaboratrice, l'ha voluta scegliere lei questa segretaria. O meglio, sceglierla lei dandomi però l'illusione di sceglierla io (uno stratagemma a cui ricorrete spesso, voi donne).

Barbara voleva innanzi tutto che fosse una brava ragazza bruttina; che fosse assolutamente improbabile che potesse piacermi. Ma al tempo stesso sapeva che doveva essere seria, competente, affidabile, puntuale.

Ebbene, questo non era forse il tuo identikit, Gilda?

Con grandi sacrifici ti eri intanto diplomata in ragioneria. Ed eri, ancora e sempre, una ragazza d'oro: riservata, precisa, scrupolosa. Ora lavoravi come contabile in un minimarket.

Io ebbi l'dea. La dissi a Barbara. Barbara subito, entusiasta, approvò.

Ti feci la proposta. Venire a lavorare come segretaria nel mio studio. Pensavo che ne saresti stata contenta, forse più che contenta: avresti fatto un lavoro di maggior prestigio. Avresti guadagnato di più. Ma soprattutto saresti stata a contatto con me: nella tua timidezza, non ti eri mai dichiarata – ma poi, non tocca agli uomini? – però io lo sapevo, da anni. Tu avevi una cotta per me. Sin dall'inizio, e mai ti era passata.

Di questo Barbara non si era curata. Almeno i primi tempi. Però si sa come siete voi donne. Sempre sospettose e vigili. E quindi allo studio Barbara presto ha cominciato a essere assidua. Non solo per offrirmi il massimo della collaborazione nelle pratiche legali – con scarsi risultati devo dire – ma anche per tenere d'occhio te. *Vuoi vedere che la bruttina timida cova in seno una seduttiva spregiudicata?*

Barbara ogni tanto, per quanto ce la metta tutta, mi combina qualche pasticcio, rischia di compromettere l'esito di cause anche importanti. Io devo correre ai ripari. E la cosa si svolge sotto il tuo sguardo attento, d'improvviso allusivo e meno prudente del solito. Come se volessi dire, anche se non lo dici: "Tu sei intelligente e bravo; lei, Barbara, è proprio sciocchina e incapace." Nel tuo sorriso, al tempo stesso, ammirazione devota per me, sarcasmo sommesso per lei.

Gli eventi stanno precipitando. Si è prodotta un'accelerazione.

Barbara si trattiene più a lungo nello studio, cerca invano di dimostrare di essere brava, non perde occasione per sminuire il tuo lavoro, per metterti se possibile in cattiva luce, per alludere alla sua superiorità estetica.

Tu, Gilda, fai finta di non aver capito. E per contro, appena Barbara deve andare via, mi dimostri che non sei solo diplomata in ragioneria: pur senza studi universitari, stai imparando il mio mestiere. In un crescendo prodigioso.

Ma non è solo questo. Ieri, porgendomi una cartellina, hai toccato con la mano la mia mano. Sembrava casuale, ma non l'hai ritirata subito. Ti ho lanciato uno sguardo interrogativo; il tuo era sereno, fermo, tenero, caldo.

Sono rimasto turbato. Chissà, forse non volevi, ma per qualche secondo mi hai fatto eccitare.

Oggi, alla fine di una giornata di lavoro micidiale, mi vedi stanco, che appoggio il volto fra le mani, piego il capo sulla scrivania per concedermi una pausa finalmente. Barbara intanto non c'è, è andata a fare il suo solito shopping.

Tu ti alzi. A passi lenti e leggeri, mi vieni alle spalle. Come se fosse un gesto familiare, mi poggi le mani sul collo. Tremano. È bello, è emozionante sentirle tremare. Accenni un massaggio ristoratore.

Mi giro verso di te, sorpreso e, al tempo stesso, grato. Ti sorrido smarrito. Tu rispondi con un sorriso ampio, radioso. Sorriso di devozione e seduzione.

Ti osservo e non mi sembri più bruttina. Dagli occhi ora splendidi ti cominciano a cadere lentamente lacrime di gioia. Sì, di gioia, perché lo sai, ormai lo sai quello che sto per dire. Quello che pazientemente hai saputo attendere e preparare.

Lo dico, senza sapere quello che dico.

Tutto di te

Tutti mi dicono che sono fortunato. Me lo dicono con quella punta di contrarietà che è propria di una tenue invidia.

Hanno ragione: io sono fortunato. Anzi, molto fortunato.

Tanto fortunato, che ho incontrato te, Arianna (come vorrei essere il tuo Teseo!).

Ti ho incontrata a una festa di compleanno di Giovanni. Festa a cui non avevo nessuna voglia di venire. Ma Giovanni, che è un bravo collega di Ingegneria e l'amico forse migliore che ho, si sarebbe dispiaciuto assai. Qualunque scusa o motivo avessi addotto, non avrebbe capito, ci sarebbe rimasto male. E chissà quanto tempo ci sarebbe voluto per fargli passare il broncio.

Così sono venuto. E mentre si intrecciavano frenetici capannelli, confidenze, sorrisi, risate, battute, sfottò, corteggiamenti, io mi sono messo da parte, su una poltroncina defilata.

Non sono passati che pochissimi minuti, che ti sei fatta avanti tu.

Sei venuta verso di me con spavalda lentezza. Mentre avanzavi sinuosa e solenne, come una gatta, o meglio, come una leonessa, ho avuto modo di vedere e notare quello che prima, nell'intreccio della folla, non avevo potuto cogliere. Solo mi aveva colpito il tuo sguardo dolce e profondo, il tuo sorriso remissivo eppure pronto a cedere il posto a una calda risata.

E, se non mi ero fatto subito avanti per fare la tua conoscenza, era stato perché eri troppo bella, troppo affascinante. Come potevo, io povero studente universitario fuori corso, osare avvicinare una dea come te?

Grazie alla tua studiata lentezza, ho gustato la tua sagoma elegante soda formosa senza esagerazione, abbracciata dal vestito celeste con paillettes che scintillavano sotto la luce dei grandi lampadari a gocce. Il tuo seno, rotondo e della giusta misura, non sembrava frenato e sostenuto: ho pensato che facevi palestra e che dovevi avere al più una ventina di anni. E che, se non avevi messo il reggiseno, era perché non ne avevi bisogno, non per provocazione.

Intanto mi sorridevi. Un sorriso enigmatico, che si prestava a diverse interpretazioni: era benevolo, cordiale, mite, ma anche fermo, deciso. Magari sul punto di dissolversi in una battuta fulminante, un'osservazione critica, una valutazione poco indulgente.

Le tue gambe non le vedevo, il vestito era fino alle caviglie. Ma pensavo di poter indovinare che, se non perfette, erano comunque delle belle gambe, lunghe, dritte, né gonfie né sottili.

Intanto eri arrivata a pochissimi passi da me. Da vicino, ancora più sontuosa e sublime.

In un istante mi sono reso conto che ero seduto e affianco non c'era né una sedia né un'altra poltroncina. Ho fatto il gesto di alzarmi di scatto per cederti il posto. Ma tu, con una mano, magra e al tempo stesso polposa, mi hai imposto di rimanere seduto.

Sono rimasto seduto. Come soggiogato da un ordine superiore. Ma soprattutto sono rimasto perplesso: che figura ci facevo a non cedere il posto a una donna? E che donna, poi!

Tu hai parlato. Con voce al tempo stesso adolescenziale e matura, graziosa e un po' rauca, e un sorriso cordiale ma perentorio: "Dove ci sta uno, possono starci due..." E, prima che io potessi azzardare la richiesta di una spiegazione, ti sei lentamente girata su te stessa – oh che vertiginosa delizia il tuo fondo schiena intuito attraverso il vestito – e ti sei seduta su di me.

Sono avvampato, nella testa mi è scoppiato come un gas caldo, ho creduto di svenire addirittura. Tu ti sei voltata verso di me e hai sussurrato: "Tutto bene, Sergio?" E hai sorriso con malizia.

"Certo, tutto bene..." ho balbettato "Ma come fai a conoscere il mio nome?"

"Le mie risorse sono sorprendenti, vedrai."

Non ho capito. Piuttosto, mi è toccato chiederti: "E tu, come ti chiami?"

"Mi chiamo Norma... ma non sono affatto normale!" E questa volta sei scoppiata a ridere in una breve limpida risata.

Intanto il peso del tuo corpo premeva non solo sulle mie cosce. Anche un poco più su... Non sono riuscito a frenarlo: lui si è allungato e indurito. Ho pensato che l'avevi sentito, stavo quasi per scusarmi.

Tu ti sei girata lentissima verso di me. Il tuo sguardo era compiaciuto e ammiccante, il tuo sorriso complice. Hai detto: "Caspita, che gagliardo..."

Mi veniva di precisare che non l'avevo fatto mica apposta. Ma ho capito che così mi sarei reso ridicolo. E poi tu mi avevi fatto un complimento, di quelli che piacciono tanto a noi maschi.

Sei rimasta ferma, non hai tentato di eccitarmi di più. Ma lui era letteralmente impazzito. In pochi secondi ha raggiunto il suo massimo. Tu hai dischiuso le labbra, per qualche secondo la tua bocca è rimasta aperta in una sospensione ambigua, in uno sbigottimento divertito. Poi ha flautato: "Sergio, anche le tue risorse sono sorprendenti".

Avevo voglia di abbracciarti, di carezzarti i seni, di baciarti. Ma, mentre esitavo – perché poi? – tu mi hai guardato con uno sguardo che mi ipnotizzava, che mi inondava di gioia, che mi lasciava le braccia impietrite penzoloni, le mani come paralitiche.

Quindi, sempre lentissima, mi hai baciato. Oh, quel tepore umido, quello strofinio sapiente eppure indolente, quella lingua curiosa e giocherellona nella mia bocca.

Stupido me! Invece di lasciarmi andare e abbracciarti e stringerti a me, mi sono lasciato scappare una domanda inopportuna, che rischiava di rovinare tutto: "Norma, ma perché, perché proprio me?"

Tu mi hai scrutato per un momento perplessa. Forse con un velo di delusione. Poi, come fosse la stoccata di affondo di una schermitrice: "Non c'è perché... questo è il bello, che non c'è perché... la vita è più forte dei perché, non credi?" E hai aggiunto, con voce di affettuoso rimprovero: "Sciogli gli ormeggi, Sergio, e vai al largo, inoltrati al largo, senza remore, senza paure... il mare non è pericoloso se segui la Norma..." Divertita tu stessa dal gioco di parole, sei scoppiata di nuovo a ridere. Con un'altra avrei potuto sentirmi alquanto offeso, preso in giro, ma con te mi era impossibile. Ho sorriso blandamente.

Ho sciolto gli ormeggi: ti ho abbracciata, ti ho stretta a me, ti ho baciata a lungo. A lungo, fino a dover prendere fiato.

In quel momento avrei voluto avere uno specchio per guardare che faccia avevo, che espressione. Ma forse non c'era bisogno di uno specchio per sapere che dovevo avere la faccia del cretino contento. In verità uno specchio l'avrei voluto anche per vedere se veramente ero quel belloccio che molti mi dicevano io fossi... Restava il fatto che io non mi spiegavo perché Norma, la Dea, avesse scelto proprio me.

Ti ho chiesto, senza un vero interesse, soltanto per interrompere i pensieri inquieti: "E tu cosa studi?"

Il tuo viso si è fatto più dolce e cremoso: "Io studio Architettura..." L'hai detto con quello che mi è parso un misurato orgoglio.

"Ah, io Ingegneria, tu Architettura... una dialettica antica..." Mi è scappato il luogo comune.

"No, ti prego, andiamo oltre queste abusate barriere..." L'hai detto con tenerezza, e con tenerezza allo stesso tempo mi hai carezzato il viso. Con la mano che mi tremava in qualcosa che assomigliava all'estasi ho carezzato a lungo il tuo viso tiepido, liscio, sereno.

Ci siamo addentrati di nuovo, liberi e avventurosi, nel nostro mare senza ormeggi. Abbracciati stretti ci sembrava di essere fuori dello spazio, lontani dalla festa di compleanno che pure andava avanti a pochi metri da noi, ignari degli altri che magari ci guardavano incuriositi.

E sì che ci guardavano. E forse non era solo curiosità.

"Sergio, scappiamocene ora che sono tutti presi dal ballo" hai detto tu. E hai subito intrecciato la tua mano alla mia.

Non ho avuto il tempo nemmeno di dire: "Va bene". E già avevamo guadagnato l'uscita come due navigati fuggitivi.

"Ma dove andiamo ora?" ho chiesto. Avrei dovuto piuttosto essere io la guida, invitarti a casa mia. Ma a quell'ora, circa le undici di sera, i miei dovevano essere già tornati dal cinema. E allora?

"Andiamo a casa mia, Sergio" hai suggerito, anzi comandato. Però hai fatto l'occhiolino.

"Ma non ci sono i tuoi...?"

"No, non ci sono. In previsione di un possibile programma come il nostro, li ho mandati a spasso, da loro amici. Non torneranno prima di domani." Hai fatto la faccia della briccona previdente.

E così con la mia Ford Ka ho seguito la tua BMW. A fatica, perché tu guidavi disinvolta e spregiudicata, una pazza simpatica.

Il tuo appartamento, al secondo piano di una palazzina misuratamente elegante, cento metri quadri circa, mi è apparso luminoso, spazioso, colorato ma riposante, arredato con pochi mobili essenziali. Mi è sembrato in sintonia con te.

Mi sentivo incerto, o perfino imbarazzato. Non sapevo se lasciarmi andare sul divano e invitarti a fare altrettanto. Volevo essere disinvolto virile accattivante. Tu intanto, silenziosa e rapida, sei andata al computer, su YouTube. E hai messo una musica frizzante, allegra, grondante energia.

Ti ho guardato come per chiedere una spiegazione. Tu hai detto soltanto: "È la Tarantella Napolitana di Gioachino Rossini." E sei venuta saltellante verso di me, mi hai teso una mano, mi hai invitato ad alzarmi – le parti invertite, di solito lo fa un ragazzo con una ragazza.

Incoraggiato, spronato, ho cominciato a ballare appresso a te. Un ballo ineguale: morbido e sinuoso il tuo, duro e spigoloso il mio. La cosa ti ha fatto ridere. Amorevolmente, con bonaria ironia. Ha fatto sorridere me, un poco vergognoso.

Abbiamo ballato a lungo, anche quando la musica era ormai terminata. Ma nelle nostre menti, nelle nostre pance, nelle nostre gambe durava, durava.

Infine, stanchi e felici, ci siamo lasciati andare per terra. E lì abbiamo fatto all'amore. Con un trasporto impetuoso e un abbandono semplice che non conoscevo.

Nei giorni e nelle settimane seguenti – ma non contavo il tempo, il tempo per me non esisteva più – abbiamo parlato di tutto, perfino di politica (tu non sei né di sinistra né di destra né estremista né moderata né qualunquista), abbiamo passeggiato, abbiamo pranzato, abbiamo guardato la tv, viaggiato su internet, abbiamo riso e sorriso, tu sei venuta a vedere la sede di Ingegneria, io quella di Architettura, tu mi hai fatto conoscere i tuoi, io i miei. Quasi due ormai fidanzati in casa.

Per me sei perfetta. Forse – continuo a pensarlo ogni tanto - troppo perfetta per me. E non riesco a farmi una ragione del perché, perché hai scelto proprio me.

Ma che senso ha tormentarmi ancora? Fra le tue braccia ho voglia di piangere, piangere di gioia. Tienimi così, prigioniero nel nostro paradisiaco labirinto. Che questo sogno incredibile non finisca mai. Non voglio svegliarmi più.

Ormai senza di te sono un niente. Con te sono ricolmo di tutto. Tutto mi viene da te. Tutto mi piace di te. Tutto di te.

E vi ho amati tutti

Ora che ho settant'anni, dicono che sono ancora bella. Come lo può essere una donna con le rughe, con i tessuti cadenti, con le forme ingrossate e sformate. Ma con due occhi felini verde chiaro e due labbra rosso fuoco anche senza rossetto: sì, queste, occhi e labbra, sono le mie residue tenaci armi di seduzione.

Da giovane ero uno schianto. Mio padre, che pure era una brava persona, mi guardava a volte con uno sguardo inquietante, e le sue carezze avevano qualcosa che non era tenerezza. Mia madre, che pure era carina, si lasciava andare talora a qualche sfogo aggressivo verso di me, in cui mi sembrava di leggere la sua invidia, piuttosto che il suo orgoglio per avermi generato. Gli uomini poi, anche se badavo a vestirmi con ostinata pudicizia, mi mangiavano con gli occhi, e facevano anche qualcosa di più. Una volta in un parco, seduta su una panchina a leggere un romanzo, sorpresi un uomo maturo, in un cespuglio proprio di fronte a me, a masturbarsi furiosamente, senza ritegno. Ne fui molto impressionata. E capii quali emozioni, turbamenti, desideri, smarrimenti, senza che neppure lo volessi, potevo suscitare con il mio corpo.

I miei spasimanti erano una folla, scomposta e impazzita. Quando dovevo uscire, mio padre pretendeva che mi accompagnasse, come una specie di guardia del corpo, mio fratello Ruggero. Un tipo deciso, violento, palestrato. Ma, devo dirlo, anche lui era in balìa di me: ogni tanto, con il fare più disinvolto e innocente che sapeva, mi metteva una mano sui fianchi, e quella, come per sbaglio, scendeva sul mio fondo schiena e lo carezzava a lungo. Allora la sua espressione, di solito tremenda, si scioglieva in una contemplazione inerme, non dissimile da quella di tutti gli altri uomini. Di ciò mio padre non poteva rendersi conto, e continuò a farmi accompagnare da lui.

Un giorno c'era una festa a casa di uno della mia classe, la terza H del Liceo Sannazzaro. Naturalmente mio padre mai e poi mai mi ci avrebbe mandata da sola. Toccò ancora una volta a Ruggero accompagnarmi: a lui, sette anni più di me, laureando in Medicina, non garbava per niente una serata in compagnia di quelli che considerava dei mocciosi con cui non poteva condividere niente. Mi accompagnò quindi molto di mala voglia. Alla festa circolava molto alcool e anche molti spinelli: inopinatamente Ruggero, che avrebbe dovuto solo badare a controllarmi e proteggermi dalla libidine dei tanti maschietti arrapati, si ubriacò e si fece almeno uno o due spinelli. All'improvviso due ragazzi mi presero e, approfittando della confusione e della musica ad alto volume, mi trascinarono in una stanzetta su un letto dove tentarono di stuprarmi. Io misi tutta la mia forza per resistere. A un certo punto sbucò la faccia infuriata di Ruggero che si era precipitato buttando a terra i due ragazzi. Gli sorrisi, lui era il mio salvatore, pensai. Ma un istante dopo era lui sopra di me. E poi dentro me. Piangevo e strillavo, lui però continuò, stravolto, irriconoscibile. A casa non dissi niente della cosa ai miei genitori. Ma a mio padre comunicai che non mi sarei fatta più accompagnare da Ruggero: mi inventai che ormai ero grande e sapevo come badare a me stessa. Mio padre protestò debolmente, poi smise. Credo che avesse intuito.

In seguito mi incoraggiò a fidanzarmi: "Mi raccomando, Gloria, con un bravo ragazzo, uno che ti voglia veramente bene, che non veda in te soltanto una splendida bambola, uno che capisca la tua natura sensibile, seria, riservata, prudente... perché tu dentro, nell'anima, sei perfino più splendida che fuori, io e mamma lo sappiamo bene, ma gli altri no, se non sono speciali... ecco, ti ci vuole un ragazzo speciale..."

Io intanto mi ero iscritta all'università, ad Architettura. Il motivo della scelta? Stravagante, si potrebbe dire: mi avevano entusiasmato le opere di Antoni Gaudì, con le loro morbide sinuosità, convessità e concavità, con quella geometria che definirei fluidamente sensuale, in cui mi piaceva vedere una parentela, se non una similitudine, con le forme fluidamente sensuali del mio corpo. Al primo anno, circondata da una moltitudine di maschi incantati, continuavo a vestirmi attenta a coprire più che a mostrare tutto quel bendidìo di cui la natura mi aveva dotato.

Fra la folla di colleghi ho subito notato te, Ernesto: carino, distinto, educato, misurato, intelligente e talentuoso, ma anche egocentrico, un po' spaccone, molto ambizioso. Tu mi avevi già adocchiata - ma questo era successo a tutti i maschietti, ovviamente – e, appena hai accennato a farti avanti, siccome mi piacevi, ho deciso che ti avrei incoraggiato. Però con garbo, non troppo presto, per non fare la figura della sfacciata, della ragazza facile. Il nostro sodalizio è stato dapprima quasi perfetto. In aula, a letto, in giro per shopping e monumenti. Eppure c'era qualcosa che non quadrava fra noi, c'era nel nostro rapporto una grave asimmetria, che però non riuscivo a mettere a fuoco. Alla fine - siamo stati insieme per tutti i cinque anni del corso di laurea - sono arrivata finalmente a capire: sei stato con me, e così a lungo, per due motivi. Uno: sono incredibilmente bona, ti potevi pavoneggiare in ogni dove accanto a me, suscitando la livida invidia dei maschi, e a letto sapevo come farti impazzire, di desiderio e di godimento. Due: non so disegnare e progettare bene come te, e allora rispetto a me potevi sentire ogni volta ribadita la tua superiorità professionale: questo era per te un fatto prezioso, la tua compensazione, la tua agognata rivalsa contro lo strepitoso trionfo del mio sex appeal.

Tutto quello che ho voluto e saputo darti in più, affetto, tenerezza, premure, finezze, garbate allusioni, prudenti critiche, saggi consigli, perfino protezione e rassicurazione, ebbene tu l'hai tralasciato o non l'hai proprio còlto. In definitiva, non eravamo affatto due anime gemelle: io volavo alto, tu eri terra terra.

Dopo la laurea, mi sono resa conto della mia difficoltà a entrare in un mondo del lavoro sempre più selettivo. Un'altra ragazza, con la mia strepitosa bellezza, avrebbe puntato al matrimonio con un buon partito. E buonanotte alla soddisfazione di lavorare e guadagnare. Ma io non sono fatta di quella pasta. Non sono stata a compatirmi. Ho studiato per mesi l'inglese e sono volata a Londra a seguire un Master in Bioarchitettura. Come me la sono cavata economicamente? Dai miei genitori ho accettato solo gli euro per il volo aereo e le prime spese – euro che, gliel'ho assicurato, avrei restituito loro fino all'ultimo. E subito, con il mio aspetto favoloso, ho trovato un lavoro: cameriera in un ristorante che ha visto un vertiginoso aumento di clienti, tutti maschi, tutti che volevano essere serviti da me.

Quello che trovava ogni scusa per chiamarmi al suo tavolo e trattenermici il più possibile eri tu, William, ricercatore del Corso di Laurea in Scienze Linguistiche: un giovanottone altissimo, magro e ben fatto, biondissimo nei lunghi capelli lisci, con occhi celesti più di un cielo limpido. Parlavi otto lingue e, fra queste, un italiano perfetto. Mi facesti una corte serrata, crescente d'intensità e di fantasia nelle trovate. Credo che m'innamorai subito. Tu non eri il tipo che si attarda in preamboli romantici. Mi portasti sparato nel tuo appartamentino. Lindo, arredato con gusto, e con le pareti tutte tappezzate di poster di femmine nude. Vedesti la mia sorpresa e mi facesti un largo sorriso. Non eri imbarazzato e non avevi l'aria di uno che sta per giustificarsi. Allora io ti sorrisi a mia volta, con un sorriso franco e complice: pensai che mi ero innamorata di uno che ci sapeva fare con le donne. Niente male, quindi. A letto eri un maestro, perfino più esperto e fantasioso di me. Ad ogni incontro alzavi l'asticella, come si suole dire. Ti facevi più ardito, sperimentatore instancabile di nuovi giochi erotici. Dove saremmo arrivati? Non ci sarebbe stato comunque un limite a questa escalation? Certo. Il limite un giorno arrivò, ma non mi sembrasti contrariato o preoccupato. Il tuo viso rimase sereno, occhi maliziosi, sorriso radioso. E annunciasti trionfante: "Domani ti aspetta una bella sorpresa".

Il giorno dopo, quando bussai e tu prontamente venisti ad aprirmi, vidi la porta della camera da letto ruotare. Comparve una ragazza belloccia, rossa di capelli, prosperosa e perversamente sorridente. Disse: "Sono Jocelyn, qui per voi." Ero interdetta, non era certo la sorpresa che mi aspettavo. Era chiaro cosa significava la sua presenza. Avrei dovuto rifiutare, indignarmi, protestare e fuggire via. Ma ero talmente innamorata, povera me, che feci di tutto per dirmi che potevo accettare anche questo. Nell'ammucchiata avrei mostrato a te, William, e alla tipa che doveva essere una escort, qual era la differenza fra fare sesso a pagamento e fare sesso per amore. Inutile dire che vinsi io. Tu invece equivocasti: pensasti che io avevo molto gradito l'incontro a tre. E rilanciasti, con la tua incredibile faccia tosta. Un giorno mi facesti trovare, assieme a Jocelyn, un'altra escort, Gilda, non meno procace e perversa. Anche questa volta accettai la sfida. E trionfai.

Intanto mi ero finalmente resa conto, seppur accecata dall'amore, che tu eri un inguaribile spendaccione, i soldi non ti bastavano mai, eri sempre in bolletta. Ed ecco il motivo di quello che avesti il coraggio di propormi: "Senti, Gloria, la tua bellezza è tanto rara che è un peccato non farla fruttare a dovere..." Non capivo, chiesi: "Farla fruttare a dovere? In che senso?" Tu, imperturbabile, continuasti: "La tua avvenenza è tale che potresti entrare nel mondo del cinema..." Ti interruppi, irritata: "Ma per fare che? Io non so recitare e non ho la vocazione..." Allora tu mi lanciasti un'occhiata accattivante e allusiva: "Ma quello che ti propongo non richiede nessuna capacità recitativa; basti tu come sei..." Ti aggredii: "Se ti spieghi una buona volta!" "E va bene" concludesti "saresti perfetta a fare film porno..." Ecco la tua brillante soluzione per non essere sempre in bolletta. Mi venne spontaneo darti uno schiaffone. Ma già le lacrime scendevano a dirotto, rifiutavo le tue finte scuse, scappavo dall'appartamentino e da te. Mi avresti incontrata altre volte al ristorante dove lavoravo, ma mi sarei rifiutata sempre di servirti, avrei pregato l'altra ragazza addetta ai tavoli di farlo lei.

Finito il Master in Bioarchitettura, partecipai a vari concorsi per architetto in strutture pubbliche. Partecipai anche, ma solo per scrupolo, a una selezione per un posto come arredatrice nel Teatro Bolshoi di Mosca. Non so come, ma vinsi io, pur con i pochi titoli che avevo presentato. Non fu un caso fortunato. Fu uno scherzo del destino: lì incontrai te, Ygor, danzatore classico solista. Piccolino di statura, asciutto e scolpito con una muscolatura frutto solo di allenamento, occhi misteriosi quasi mongoli, pelle scura e capelli neri e spessi. Alla prima dello

Schiaccianoci di Tchaikovsky, lasciati da parte i miei disegni, ero nel loggione ad ammirarti: leggero come una piuma, elegante, corretto e misurato nei passi, travolgente nelle rapide rotazioni su te stesso, disinvolto nel sollevare la ballerina come se a sua volta non pesasse. Mi colpisti al cuore, una freccia precisa scagliata da un abile Cupido.

Da quella sera faticai a mandare avanti il mio lavoro di arredatrice. Appena potevo, venivo a vedere le tue prove. E non mi sedevo nelle poltrone più dietro, come la gerarchia avrebbe voluto, lasciando quelle di prima fila al produttore, al regista, al coreografo e insomma a tutti i principali protagonisti dell'evento artistico. Mi mettevo spavalda in prima fila e, quando c'era una pausa nelle prove, anche breve, ti guardavo fisso, intensamente, e cercavo di calamitare il tuo sguardo su di me. Nell'ambiente correva voce che, come tanti altri ballerini classici, eri gay, che andavi regolarmente a letto con uomini. Non ci volli credere. Un giorno io, che ero provocante anche vestita da suora, mi misi addosso pochi panni. Ero più spogliata che vestita, e venni direttamente nel tuo camerino. Il tuo sorriso fu enigmatico, inquietante. Per un lungo attimo immaginai che stavi per dirmi: "Sei bellissima, per carità, ma, forse non lo sai, a me piacciono soltanto gli uomini. Quindi, scusami..." Ma tu non dicesti questo. Tu non dicesti niente. In un attino mi attirasti a te, come facevi con la prima ballerina, ma non per un passo di danza: con incredibile eleganza, anche se con un qualche impaccio, mi spogliasti, ti spogliasti. Avesti qualche difficoltà per l'erezione, ma riuscisti a portare a termine il rapporto. Pensai che non eri uno stallone, ma nemmeno un gay. Eri solo molto emozionato, ti piacevo fin troppo.

Quel tuo modo di fare l'amore, quasi timido e incerto, assomigliava a quello di un adolescente alla prima volta. Ma avevo equivocato. Quando cercai di fare di nuovo l'amore con te, tu diventasti sfuggente, chiuso a riccio. Non capivo il perché. Alla fine te lo chiesi, e tu te ne uscisti asserendo che le prove di danza erano sfiancanti. Un altro giorno, arrivata alla porta del tuo camerino, origliai: si intuiva un colloquio burrascoso fra te e un altro dalla voce femminea. Non capivo bene quello che vi dicevate, ma c'era per mezzo una scommessa fra voi due. Allora intuii. Quella con me era stata soltanto una sfida, anzi una scommessa goliardica sulla mia pelle. Tu eri e rimanevi un gay. Anche se con me ce l'avevi messa tutta ed eri riuscito, per una volta, a sembrare un eterosessuale. Archiviata la sfida, tu saresti tornato dai tuoi compagnucci di letto. Io sarei tornata a cercare un amore vero.

La mia attività di arredatrice languiva. Anzi agonizzava dentro una crisi planetaria che non accennava a finire. Dovevo darmi da fare. L'agonia materiale e spirituale non faceva per me. All'improvviso, come non averci pensato prima, mi resi conto che potevo tentare la carriera della top model. Veramente, avrei dovuto cominciare parecchi anni prima, quando avevo molto meno di trent'anni. E inoltre non avevo mai avuto il fisico asciutto, quasi anoressico, di prammatica in questo mestiere. Ma dovevo tentare ugualmente, cosa avevo mai da perdere? Ripassai il mio francese scolastico, raccolsi gli ultimi soldini che avevo messo da parte (non volli ricorrere ai miei genitori, dovevo ancora restituire loro parecchi euro) e con un volo low cost raggiunsi la favolosa Parigi. In pochi giorni mi feci un giro di tutti i principali atelier di moda. Ogni volta esordivo con il mio approssimativo francese: "Je voudrais faire la Supermodel à votre atelier..." La risposta non era a parole. Un'occhiata sbrigativa, come una concessione e, all'ammirazione per un corpo stupendamente tornito, seguiva un sorrisetto imbarazzato e ironico. Io capivo subito, e giravo sui tacchi. Ma, quando stavo ormai per rinunciare e fare un altro tentativo a Milano, la fortuna mi sorrise.

Il capo del personale dello Studio Élégant Femme, ancor prima che avessi terminato la mia frasetta di esordio, mi guardò compiaciuto. Come chi sa apprezzare una bona da schianto. Poi, con voce suadente e un largo sorriso incoraggiante, disse: "Elle est juste chanceux: nous choisissons généralement des modéles trés maigre et trés jeune, mais nous avons décidé de lancer aussi des modéles opulents et trentaine; est une nouvelle cible commerciale qui devient rapidement connue. Alors nous pouvons passer le test. Ce est bien?" Mi emozionai talmente che risposi in italiano: "Va bene, va benissimo. Quando si comincia?" Lui non riuscì a trattenere un sorriso torbido - solo in seguito capii il perché – e disse: "Même maintenant. Monsier Charles, le couturier et organisateur de les passerelles, a toujours le temps pour une belle femme, encore plus pour une femme incroyablement belle..." E mi fece un sorriso libidinoso. Mi accompagnò con allegra solennità da Monsieur Charles. Entrai nel suo studio rutilante di schizzi di abiti che tappezzavano tutti i muri. Subito tu, Charles, ti alzasti da dietro l'enorme scrivania, mi venisti incontro, mi facesti un baciamano perfetto sfiorandomi appena con le labbra tumide e fissandomi per un istante, inquisitivo ma cordiale, con i tuoi occhi neri. Eri un signore sui quaranta, appena brizzolato, di statura media, asciutto, dai lineamenti finissimi, le mani affusolate come devono essere quelle degli artisti, una carnagione bruna senza essere abbronzata, agghindato con un completo gessato, forse disegnato da te stesso, che ti faceva apparire ancora più magro.

"Benvenuta" mi disse in un italiano dal gradevolissimo accento francese "Non la invito neppure a sedersi, come vorrebbe la prassi della buona educazione: è che la conduco subito nel salottino per la prova dei vestiti... lei, nel suo esuberante splendore, è quel che si dice una taglia forte ma, come deve averle già spiegato il capo del personale, noi cerchiamo anche femmine strepitose come lei per lanciare abiti destinati a un pubblico di donne tornite e non necessariamente giovanissime... pardon, non volevo dire che..." Stavi per mortificarti, io ti interruppi con un sorriso benevolo: "Ho trent'anni, lo so che normalmente le modelle sono più giovani..." Tu mi guardasti con riconoscenza, poi sbottasti, allegro e pimpante: "Beh, non perdiamo tempo, andiamo a provare degli abiti adatti a te, degli abiti capaci, se mai possibile, di valorizzare la tua rara avvenenza." Fu lì, mentre mi spogliavo e mi vestivo che capii in cosa consisteva, anche e soprattutto, il provino. Tu mi facevi il provino dei vestiti, certo, ma ancor più eri interessato al provino 'orizzontale': con un movimento elegante e armonioso, prima che mi misurassi un altro vestito, mi ribaltasti su un enorme letto che fino ad allora, chissà come, non avevo notato. E potetti provare la sapiente efficacia di un quarantenne molto virile: possedendomi mi esaltasti invece di umiliarmi, arrivasti più e più volte, sempre con la disinvoltura di un uomo esperto, misurato, attento al mio piacere. Dopo, non ti addormentasti come fanno tanti. Mi guardasti con tenerezza e partecipazione, mi sembrò che il tuo fosse già amore. Il mio certamente sì.

Per molti mesi mi sono abbandonata nelle tue mani magiche. Sfilavo in passerella con gli abiti raffinati e originali che tu disegnavi apposta per me. Perché li indossassi io e nessun'altra. Anche se a letto continuavi a soddisfarmi alla grande, la creazione di abiti solo per me era la manifestazione, più consona al tuo talento, del tuo amore. Ero innamorata di te, e credevo che anche tu mi amassi, alla follia. Ma mi sbagliavo. Quanto mi sbagliavo! Un giorno, nella mia stanzetta privata, pensai di telefonare ai miei per raccontare loro tutta la mia felicità. Non so quale tasto pigiai involontariamente, e mi arrivò la tua voce: parlavi con il contabile come fanno i maschi complici quando si confidano fra loro. Parlavate in italiano e tu dicevi: "Sono stato proprio fortunato con questa Gloria, mi è arrivata su un piatto d'argento: bellissima, disposta a tutti i sacrifici che il nostro mestiere comporta, puntuale e professionale sempre, sa sfilare come una veterana... ma non basta, me la scopo ogni volta che voglio, e puoi immaginare che goduria con una così... Sono sicuro che s'è innamorata di me, e le piace credere che io la ami, figurati! Inoltre mi sta facendo guadagnare un sacco di soldi, ed ecco un altro buon motivo per tenermela stretta stretta..." Volevo fuggire, ma le gambe mi tremavano e non mi sorreggevano. Aspettai la sera tardi per raccogliere nella valigia le mie poche cose (non portai via nemmeno un vestito disegnato da te) e nella notte scappai via con un taxi. Sapevo che più tardi mi avresti cercata per un'altra notte di sesso: ma a questo punto, caro mio, non ti restava che farti una sega.

Tornai a casa dai miei. A loro non raccontai nulla delle mie cocenti delusioni. Ma loro intuirono che qualcosa di grave mi era accaduto. Mio padre non poté fare a meno di dirmi: "Sei sempre bellissima, bambina mia..." e nel suo sguardo, nelle sue carezze, ritrovai quella ambiguità inquietante che già avevo conosciuto. A casa potevo riposarmi per un poco, ma subito dopo me ne dovevo andare. Lessi di un importante convegno di Bioarchitettura a Barcellona. Decisi su due piedi che sarei volata lì, nella città dove tutto, cultura, turismo, accoglienza, cibo, era ottimale. Negli intervalli del convegno mi dedicai a visitare molte mostre di grafica e di pittura. Nella Galleria Gaudì era esposta l'ultima produzione pittorica iperrealista di un catalano giovanissimo e già affermatosi prepotentemente. Pablo. Un nome che era una promessa e una garanzia. Pablo, mi soffermai a lungo davanti alle tue opere. Mi colpirono soprattutto i nudi femminili, perentori, nitidi, coinvolgenti, e mai volgari. Mentre stavo studiando un quadro, tu ti avvicinasti: avevi un odore di colori ad olio, misto a un delicato profumo per uomo, occhi verdi acquamarina e uno sguardo di adolescente adulto, capelli liscissimi castani che ti fluttuavano sulle spalle, mani affusolate eppure maschie, un sorriso mite e una gesticolazione speciale, come se stessi dipingendo sempre. Mi sorridesti e dicesti: "Usted sería para mi una modelo extraordinaria, como nunca tuve." Era una sfida, non avevo mai posato nuda. Una sfida eccitante, con un pittore importante e anche un bell'uomo.

Ti dissi di sì. E la sera stessa, dopo una cena sontuosa con tanti amici e acquirenti per festeggiare il vernissage, mi portasti nel tuo studio. Erano le due passate, ma nessuno di noi due aveva sonno: mi spogliasti con studiata lentezza, mi facesti mettere in posa, prendesti tela colori pennelli e, in meno di quattro ore - una notte in bianco che non sarebbe stato possibile dimenticare – mi facesti il ritratto. Nel tuo quadro la mia prorompente sensualità era esaltata, fin quasi al paradosso. Mi venne spontaneo abbracciarti e baciarti. Facemmo l'amore con un furore sapiente, persi in un piacere smemorante, in un abbandono completo. Eppure non ero una novellina. Ci appisolammo soltanto verso le nove del mattino. Al risveglio accanto a te, seppi subito che mi ero innamorata, ancora una volta. Ma tu, tu ti eri innamorato di me? O per te ero soltanto una femmina stupenda da scopare, una modella diversa dalle solite che ti dava l'occasione per un nuovo percorso artistico? I quadri con me nuda non li esponevi alle mostre: pensavi che non ne erano degni? Ma siccome mi piaceva pensare che eri innamorato di me, immaginai che eri tanto geloso da non volermi dare in pasto agli sguardi viziosi dei maschi.

Mi aspettava un'incredibile amara sorpresa. Tu mi avevi rappresentata, nei primi quadri, immersa in piccoli paesaggi in cui ero, sebbene molto eccitante, soltanto una sommessa protagonista. Poi eri passato a ritrarmi più in primo piano, isolata da qualsiasi contesto, con un iperrealismo che esaltava la mia travolgente avvenenza. Pensavo che ti saresti fermato qui. Un giorno invece mi facesti vedere gli ultimi quadri dipinti senza interruzioni per una notte intera. Erano tutti dettagli, parti isolate e ingigantite del mio corpo: un enorme seno, un gigantesco capezzolo, smisurate grandi labbra, un'immane vagina, un culo mastodontico, un abnorme osceno sfintere anale. Il mio corpo nel suo insieme non c'era più, non era più possibile riconoscermi. Come pezzi di carne dal macellaio... Non ci misi molto a fare il punto: tu certamente non mi amavi. Come corpo intero ti servivo da oggetto per la tua libidine di maschio. Come corpo smembrato ti servivo per un esperimento artistico. Prima di abbandonarti e di ritornare alla mia vecchia casa, distrussi tutti i quadri che mi ritraevano, intera o fatta a pezzi.

Tutti voi, Ernesto William Ygor Charles Pablo, avete adorato il mio corpo. E come potevate non farlo? Generosa come sono, non mi sono limitata a concedermi, vestita o nuda, ai vostri sguardi attoniti e rapiti: mi sono prodigata perché ne traeste il massimo godimento, il tripudio esaltato della carne soddisfatta. Con la vostra insaziabile fame di sesso, mi facevate perfino tenerezza, pensate un po'. Mi sembravate bambini viziosi ma comunque innocui. Sono stata il vostro giocattolo preferito. Non più di uno splendido giocattolo. Nessuno di voi ha mai sfiorato con me la dimensione dell'amore. Ma non importa. Io sono riuscita a non rimanere ostaggio della mia prepotente avvenenza. Io l'amore l'ho conosciuto. Io ho saputo amarvi. E vi ho amati tutti.

Io fra due

Questo che scrivo non lo faccio per giustificarmi. Estrema tardiva giustificazione prima dell'addio.

Non ho bisogno di giustificarmi. Né di farmi perdonare alcunché.

Sono stata pornostar, e mai ne ho provato imbarazzo, o addirittura vergogna.

Di esserlo stata, anzi, se proprio volete sapere, me ne vanto. Non so a quanti uomini, certamente moltissimi, ho donato bellezza, sensualità, eccitazione, avventura, trasgressione. Tutto quello che molto difficilmente potevano aspettarsi dalle loro donne.

Ho fatto del bene, quindi. Disinteressata benefattrice dei maschi. E non credo di esagerare se dico che ne sono orgogliosa. La mia pornografia schietta, limpida.

Ho scritto: *sono stata* pornostar; avrei voluto poter scrivere: *sono* pornostar. Ma la malattia, improvvisa e implacabile, ha vinto. E sono qui a comporre questa specie di coraggioso testamento. Per chi vorrà sapere e capire chi ero. E almeno uno, lo so, ci sarà.

Ho capito subito – gli altri invece ce ne hanno messo di tempo – che scegliendo di essere pornostar rimanevo donna. Donna a tutto tondo. Semplice e grandiosa perché donna, come tutte le altre. Come tutte le altre che magari a voce bassa dicevano però cose terribili su di me.

E, come donna, ho cercato quello che tutte noi vogliamo e meritiamo: il piacere e l'amore. Non il piacere senza l'amore; non l'amore senza il piacere.

Ma non sono riuscita a trovarli in un solo uomo. Ho avuto bisogno di due. In uno, Alessandro, ho trovato il piacere. In un altro, Romano, ho trovato l'amore.

Alessandro ha quasi trent'anni. Mio partner storico sul set porno, maestro di eros e prestazioni sessuali, già lo sentivo intimo, non uno che recitava, quando giravamo le scene assieme. E così un giorno, come una cosa naturale e addirittura ovvia, siamo diventati amanti nella vita. Tutti e due capaci di straordinarie finezze, tutti e due impegnati e concentrati a soddisfare l'altro. E lui, Alessandro, è grandioso, sa come condurmi per mano in paradiso.

Romano ha già compiuto sessant'anni. Professore di storia dell'arte, può offrirmi una blanda libido, prestazioni quasi maldestre. Ma cosa importa? Lui sa darmi tenerezza, premure, attenzione, coccole; mi sorregge e mi protegge, mi ascolta e mi consiglia. Senza quasi bisogno del sesso – quello me l'assicura Alessandro – lui è l'amore.

I due naturalmente sanno l'uno dell'altro – non avrei sopportato di lasciarli all'oscuro – e accettano questo singolare triangolo. Cosciente e soddisfatto ognuno del proprio ruolo. Alessandro non mi ama e non gli importa che Romano sa darmi l'amore. Romano non si sente mortificato dal fatto che è Alessandro a darmi il piacere, il piacere estremo: lui, Romano, mi può dare un sesso ingenuo e deficitario, come quello – oso dire – incestuoso di un padre che vuole veramente bene alla figlia e non infierisce sessualmente – non saprebbe – su di lei. Ognuno di loro due è parziale e unilaterale, ma io, compresa fra di loro, sono completa, sono donna, unisco il piacere all'amore e l'amore al piacere e, posso dirlo, sono felice.

Anzi, *ero* felice.

Non me l'aspettavo, devo dirlo, non me l'aspettavo proprio. Con i miei trenta anni, con i miei successi cinematografici, le interviste vip, il favore del pubblico maschile in delirio per il mio corpo e i miei amplessi, ebbene io mi sentivo vittoriosa, trionfante. Anzi invincibile.

Ma ho dovuto scoprire, all'improvviso, che il corpo mio non è solo quello che ha fatto impazzire di desiderio i maschi. Si è rivelato un mistero insidioso, spietato. Un traditore.

Ero andata a farmi il solito checkup, una routine periodica dettata dalla professionalità, che io ho sempre rispettato, senza saltare mai la scadenza di un controllo. La nostra, pur con tutte le cautele, è una vita a rischio, lo sappiamo.

Non avvertivo nessun malessere, nessun dolore. Mi sentivo benissimo, ecco, come al solito. Quando ho visto la faccia imbarazzata della signorina del laboratorio analisi che si apprestava a cercare di dirmi qualcosa mentre mi consegnava i referti, ho capito subito che c'era qualcosa che non andava.

Ma non immaginavo quanto fosse grave. Il pancreas. L'avevo sentito nominare qualche volta, non è che sono così ignorante. Però confesso che non sapevo nemmeno bene cosa fosse, e cosa ci facesse nel corpo.

Adesso venivo a sapere – mi veniva detto con cautela, lentamente, con eufemismi medici – ma insomma, per dirla papale papale, si trattava di un tumore. Un tumore al pancreas. Da poter curare, comunque, si cercava di rassicurarmi.

Ad Alessandro e a Romano non ho detto niente. Non avvertivo ancora nessun male: mi era facile tacere. Fingere. Perché turbarli? Mi sarei curata, sarei guarita, e tutto sarebbe filato di nuovo liscio. Come prima.

Così pensavo, all'inizio. Poi ho scoperto – i medici hanno lasciato che poco alla volta lo scoprissi – che ero spacciata. Che il male era andato molto avanti e che proprio la mia giovane età era la mia nemica. La mia giovane età con la vitalità delle cellule mi condannava. Poco ci mancava, sarei stata una malata terminale, insomma.

Per parecchi giorni il mio corpo ha combattuto. Vista da fuori potevo sembrare addirittura sana. A un certo punto però ho cominciato a stare male.

Allora non ho potuto nascondere tutto ad Alessandro e a Romano. Ho detto loro una bugia che sembrasse verosimile: che mi stavo curando e che i medici mi avevano garantito che sarei guarita. Non ho capito se loro hanno potuto crederci o invece hanno capito che li ingannavo ma non hanno trovato il coraggio di dirmelo...

Alessandro non mi ama, lo so da sempre. Sono sicura che, appena sarò morta, o perfino prima, saprà trovarsi un'altra collega con cui rinnovare le sue gesta erotiche anche fuori del set. Forse solo qualche volta, distrattamente, mi penserà, magari. Si ricorderà di quel che fummo noi due, chissà.

Non mi farò sentire più da lui. Me ne andrò a casa di Romano. Lui sì che mi ama. Come si ama al tempo stesso una moglie e una figlia. E, negli ultimi momenti, ne sono sicura, con l'aiuto di un'infermiera saprà assistermi, proteggermi, onorarmi. Qualcosa di stupendo: molto di più che consolarmi. Morire fra le sue braccia, le sue ampie braccia paterne e fraterne, non sarà una cattiva morte.

In fondo nella vita sono stata fortunata.

Come ero bella!

Stamattina sono stata più del solito a guardarmi allo specchio del bagno. Cercavo di contare le rughe del viso: avevo la sensazione che fossero aumentate, nientemeno durante la notte. Alla mia età, ho più di cinquant'anni, uso varie creme *anti-age*, come si usa dire oggi, e moltissime mirate proprio a far sparire, o almeno a ridurre, le rughe. I risultati sono deludenti, sconfortanti. (La chirurgia estetica, poi, non l'ho mai presa in considerazione: non voglio diventare una maschera stirata che non può fare un sorriso naturale e assumere tutte le diverse espressioni del volto.)

Se chiedo a mio marito le sue impressioni in proposito, lui sta zitto come uno che valuta cosa gli conviene dire. Poi glissa e subito si affretta a squagliarsela. Se lo chiedo alle mie amiche, loro si sentono in dovere di tranquillizzarmi, mi dicono che le creme che uso sono portentose, tanto che le mie rughe stanno scomparendo. Pietose bugie che non mi sollevano.

Stretta fra il silenzio del marito e le bugie delle amiche, rimango sola con il mio problema. Lontana dagli specchi che non mi danno tregua. Atterrita all'idea che con il tempo andrà sempre peggio, e che il mio viso finirà per assomigliare a una terra arsa e fessurata. Vorrei allora romperli tutti gli specchi, nascondermi il volto come un'araba, anzi chiudermi in casa e non farmi più vedere da nessuno... Sciocchezze, bambinate, follie.

Il futuro è un gigante minaccioso e spietato. Devo rifugiarmi fra le braccia rassicuranti e benevole del passato. Quando ero giovane. Anzi quando, ragazza di diciotto anni, partecipai a Miss Italia. Arrivai seconda, a un'incollatura dalla vincitrice. Molti sostennero, spassionatamente, che era stata un'ingiustizia, che il titolo spettava a me. E già, ero proprio bella. Come ero bella!

Chiudo gli occhi per ritrovare nel buio quella sagoma snella e prosperosa, quel portamento solenne e grazioso, quella pelle liscia come pesca, quelle movenze e quel sorriso che incantavano gli uomini, allarmavano le donne. Ma è passato troppo tempo. Quella fresca allegra eccitante Giovanna non me la ricordo più bene. Nella mia mente è diventata una sagoma velata dai contorni indefiniti. Come attraverso occhi miopi.

Allora mi precipito verso il mobiletto dove conservo gli album di fotografie. Ne tiro fuori quello della pubertà e della prima giovinezza. Lì ci sta pure la Giovanna quasi vincitrice a Miss Italia. Per la furia che mi ha preso, l'album mi cade per terra. E, come per miracolo, balza fuori proprio la foto della premiazione. Siamo in tre, allineate e apparentemente amiche. La vincitrice fra me e la terza. Non c'è dubbio, non c'è discussione: la più bella sono io. Sono più alta, più fine e al tempo stesso più seducente, sfoggio un sorriso malizioso che non è sforzato, ho occhi luminosi e felini, una chioma bionda vaporosa che mi scende sulle spalle, e sono perfetta nella postura sapiente da *pin up*.

Il mio obiettivo è stato da allora, per più di trent'anni, quello di rimanere bella. Contrapporre all'impietoso assalto del tempo uno stile di vita sano, rigorosamente controllato, forte della mia disperata ma tenace volontà. Nel cibo e nelle bibite ho evitato tutto quello che poteva danneggiarmi. Dieta mediterranea in piccole porzioni; niente superalcolici; birre e vini rossi di bassa gradazione, non più di un bicchiere al giorno; dolci nel senso di una pasta mignon soltanto la domenica, fritture di alici una volta al mese. E ogni mattina, immancabilmente, mi sono fatta un'ora tonda tonda di esercizi ginnici. Prima a casa, poi in palestra perché m'inorgogliva e mi stuzzicava esporre agli altri il mio corpo ancora perfetto, come un ambito trofeo. Tanto che molti uomini abbandonavano i loro attrezzi e venivano a spiarmi a bocca aperta.

Qualche anno dopo ho sentito che era venuto il momento di accasarmi. Fra la folla sterminata di pretendenti ho scelto Arturo: un tipo posato, quasi bello, ingegnere in un'importante industria, con un congruo stipendio. Ma soprattutto un tipo remissivo con le donne, che mi dava l'idea di non poter contrastare i miei progetti estetici, anzi di potermi magari aiutare. Lui da solo era in grado di mantenere la famiglia, cioè me e lui e basta: io non avevo nessuna intenzione di rimanere incinta, non volevo sformarmi nemmeno per soli nove mesi. E poi immaginavo che anche dopo il parto non sarei stata come prima (mi sentivo male al solo pensiero della pancia che non voleva ritornare bella piatta). Arturo invece lo desiderava un figlio. Uno almeno. Però ci teneva, anche di più, che io rimanessi splendida, ammirata e invidiata. I nostri egoismi, solidali, fecero sì che nessun bambino venisse a interferire nel nostro consolidato trantran.

A questo punto la mia vita era confinata fra la casa, la palestra, i party e le passeggiate in cui potevo accogliere, come ribaditi omaggi, gli sguardi incantati e i commenti arditi degli uomini. Ero orgogliosa di me, ma non soddisfatta, tanto meno felice. Mi sentivo inutile. Volevo un lavoro, un lavoro che fosse adatto a me. Ecco, avrei voluto tentare la carriera dell'attrice o della presentatrice. Oltre che bella, ero spigliata, avevo buona memoria, faccia tosta. Potevo di sicuro bucare lo schermo. Ma mi faceva difetto una dote fondamentale in questo campo: la volontà, che permette di accettare ogni rinuncia e sacrificio pur di riuscire. Quella volontà che invece avevo in abbondanza se si trattava di difendere la mia bellezza.

Così sono rimasta casalinga. Una stupenda casalinga. Mi annoiavo, naturalmente. A poco serviva qualche canasta con le amiche, qualche party nell'ambiente dei colleghi di Arturo. Ero sempre ammirata, ma mese dopo mese perdevo colpi. Da bellissima diventai bella, poi una di cui si diceva che doveva essere stata bella. Per le strade gli sguardi degli uomini erano diventati fuggevoli, spenti, persi all'infinito. E non mi raggiungevano più quei commenti arditi e volgari che tanto avevo gradito un tempo. Arturo, da marito generoso senza fantasia, si ostinava a dire che ero, sempre e per sempre, splendida. Le amiche mi chiedevano se avevo fatto un patto con il diavolo, per me il tempo sembrava fermo. Sapevo bene che non era vero. Ne ebbi l'amara conferma in palestra: i maschi, che prima accorrevano per ammirarmi, adesso se ne restavano nel loro settore. Così un bel giorno, anzi un brutto giorno, in palestra non ci andai più.

Anche i party dove mi portava Arturo cambiarono. Prima ci trovavo anche piacenti giovani donne, che non potevano certo contendermi la palma della bellezza, ma facevano comunque la loro figura. Ora invece quelle ragazzotte, tanto più giovani di me, mi avrebbero messo in ombra, relegata in secondo piano. Perciò Arturo si industriò per portarmi in party dove c'erano soltanto donne della mia età o anche più mature. E in mezzo a queste, seppure con le mie crescenti rughe, continuavo a emergere. Era uno spettacolo, e io ne ero la protagonista, al centro di un'attenzione costante, quella eccitata degli uomini, quella irritata delle donne.

Ora non sto andando più nemmeno ai party. Mi sono relegata in casa e ho tolto tutti gli specchi. Arturo è rimasto sbigottito e solo il suo buon carattere gli ha impedito di farmi una partaccia. Cerco intanto di riempire in qualche modo le mie giornate. Provo nuove ricette, prese da un libro di cucina che va per la maggiore. Guardo la televisione dalle sei alle otto ore, come un'anziana rimbambita. Non telefono alle amiche e, se lo fanno loro, le sbrigo in pochi minuti, rifiuto le loro proposte di passeggiate e shopping e faccio capire che non ho voglia nemmeno che vengano a trovarmi. Nel mio autolesionistico isolamento invecchio più velocemente, le rughe proliferano, la pelle si guasta. Che resta più della mia bellezza?

È arrivato Carnevale. Mi ha sempre attirato molto, con i suoi colori, la sua frenesia, la sua anima scherzosa anche nella trasgressione. Così mi sono decisa a interrompere l'eremitaggio casalingo, a tentare un colpo di coda per emergere da questa abulia che ormai procede verso la depressione. Mi sono fermata davanti alla vetrina di un negozio con maschere originali e molto ben fatte. Sono entrata per chiedere chi ne fosse l'autore. "Signora, noi non siamo solo commercianti" ha precisato un commesso "le maschere le abbiamo fatte tutte noi..." Mi sono scusata e ho chiesto: "Ma fate anche maschere personalizzate, su commissione... per esempio, partendo da una fotografia?" Subito il commesso ha precisato: "Se la foto è chiara e abbastanza grande, almeno 10x15, si può fare..." Sono volata a casa, ho tirato fuori dall'album una foto mia, bella grande, di quando avevo meno di vent'anni. E sono tornata di corsa al negozio.

Dopo una settimana mi hanno chiamato. La maschera era pronta. Un brivido mi ha attraversato la schiena: era proprio il mio volto a quella età. Incredibile e stupendo. Mi è costata molto, ma ho pagato volentieri.

Le prime prove per vedere cosa succedeva se la indossavo, le ho fatte con Arturo e con le mie amiche. Arturo ha avuto un sobbalzo, ha fatto un sorriso sbilenco, poi è sbottato: "Ma sono scherzi da fare, questi? A volte mi sembri ancora una bambina. Questa tua fissazione per la bellezza è diventata un'ossessione... non lo sai che ti voglio bene comunque?" Le amiche mi hanno circondata, festeggiata, quasi portata in trionfo. E l'hanno voluta provare, a tutti i costi, anche loro.

Ho deciso. Adesso con la maschera uscirò. Mi presenterò a tutti, senza timori. Con lei sarò di nuovo bella. Come ero bella, e come lo sono di nuovo!

Ma poi al pomeriggio

Ogni maschio, come negarlo?, vorrebbe avere come vicina di casa una ragazza giovane, bella, simpatica, disponibile, invitante, da farci correre le fantasie più sfrenate.

A me era invece capitata Flora. Un fiore nato appassito. Mai mi ero veramente interessato di lei, ma abitavamo in due appartamenti contigui. E così ci era capitato a volte di affacciarci a due finestre molto vicine. Lei, col suo fare discreto e timido, raramente si voltava verso di me: così mi era stato possibile studiare bene il suo profilo. Il volto troppo lungo, la pelle pallidissima, gli occhi stretti e spenti, il naso aquilino, le labbra sottili e smunte.

A volte mi domandavo, dolorosamente, quale uomo potesse mai desiderare un giorno di farci l'amore.

In seguito ho scoperto che Flora fa la commessa in una profumeria. E' una buona profumeria e credo che è per questo che ci vado. Ma ogni volta cerco sempre di farmi servire dall'altra commessa, Gaia, che è ubertosa, appetitosa, allegra. A Flora intanto però mi sono affezionato. Provo per lei una dolce compassione.

A volte ci capita di tornare di pomeriggio dai nostri lavori – la sua profumeria, il mio studio di rappresentante – alla stessa ora. Vedere davanti a me quella figurina fragile, quasi piallata, dal passo timido e indeciso e il capo quasi sempre chino, mi stringe il cuore e, chissà come, vorrei fare qualcosa per lei.

Ma l'altro giorno è stato diverso, incredibilmente diverso. Flora avanzava spavalda, rigogliosa.

Sembrava un fiore appena sbocciato, in tutta la sua turgida pienezza.

Non era truccata più del solito – praticamente non si trucca mai – non aveva messo dei push up per accrescere i suoi piccoli seni quasi puberali, non aveva indossato uno di quei jeans che tirano su e conformano piacevolmente i fondischiena.

Era pur sempre Flora. Dovevo essere un bel po' masochista: lei mi andava avanti, mi faceva l'occhiolino e mi piegava l'indice invitandomi a seguirla. E io la seguivo, obbedivo come un cagnolino, come un cagnolino ingenuo che obbedisce senza sapere perché. Ci doveva essere in me una curiosità malata, non sostenuta dal desiderio.

Ha aperto porta di casa sua con un gesto fluido, suadente, mentre mi sorrideva di un sorriso torbido e promettente che mai avevo conosciuto. La casa era tutta profumata. Un profumo che mi spiazzava, mi stordiva, mi sopraffaceva.

"Entra" ha bisbigliato. E si è avviata verso il salotto di cui subito ha abbassato le luci, fin quasi a raggiungere il buio. Mentre io imbarazzato non sapevo che fare, ho intuito che lei si stava lentamente spogliando. C'è stata una lunga pausa. Ma poi, invece che il suo corpo ossuto, mi hanno raggiunto i suoi polpastrelli tiepidi che si sono dedicati a percorrere dall'alto tutto il mio corpo. Una lunga carezza estenuante.

Quindi ho sentito nell'orecchio il suo fiato caldo e imperioso che m'incitava a spogliarmi a mia volta. E, siccome esitavo, l'ha fatto lei stessa, toccandomi con sapienza nei punti più erogeni.

Senza rendermi conto di come fosse avvenuto, mi sono trovato dentro di lei, risucchiato in una voragine di delizia. Era veramente lei, la magrolina, piallata, dal naso aquilino e i fianchi scarni, o il buio complice l'aveva trasformata in un'altra creatura, ben più desiderabile, più erotica, travolgente? Ero forse vittima, fortunata, di un prodigio?

Flora, o chi lei era adesso, era insaziabile. Con carezze sapienti, con fiati caldi, con frasette provocanti, tornava ogni volta all'assalto, faceva ricrescere in me la libido, mi induceva a penetrarla più e più volte. Quel che non avrei mai creduto possibile, eppure lei era riuscita a spingermi a tanto.

Ormai ero stremato. Lei si divertiva a prendermi in giro: "Te l'aspettavi, eh, te l'aspettavi?". Io ho avuto appena la forza di mormorare: "No, in verità, devo confessare che non me l'aspettavo." E allora lei si divertiva ad infierire: "Ma non è finita qui, mio caro, non è affatto finita qui: ad altre prodezze sei chiamato... non so se hai capito che tipo di femmina sono io..." Mi veniva quasi da piagnucolare: "Ma c'è un limite..." Al che lei ribatteva, torbida: "Ed è quello che stiamo cercando in te: solo quando lo si raggiunge, lo si conosce."

C'è voluto ancora qualche disastroso amplesso per raggiungere il famoso limite.

Quando si è rialzata e rivestita, nelle luci del soggiorno ho ritrovato quella figura smilza, priva di forme esuberanti, gli occhi stretti come fessure stanche, il naso minacciosamente aquilino, le labbra scarnificate e sottilissime, il fondoschiena timido, i fianchi insufficientemente ampi. Una donna che mai mi sarebbe venuta voglia di scopare.

E davvero mi è venuto il dubbio che il folle sesso con Flora sia stato tutto un sogno. O un fortunato sortilegio.

Un mondo per femmine

Le due ragazze camminavano svelte. Determinate e addirittura ilari sui loro trampoli da sedici centimetri. Procedevano con il passo precario ma sostenuto di chi non può concedersi il lusso di non avere fretta.

Andare in banca, presto, erano già le 8 e 20. Occupare con orgoglio e iattanza i loro posti di massima responsabilità. Direttrice, Barbara; Revisora dei conti, Divina.

Eppure, di fronte al gigantesco cartellone rutilante e torbidamente ammiccante, issato in piazza dei Maschi Puttani, non ce la fecero a far finta di niente. Dovettero rallentare. Anzi proprio fermarsi. E scrutare con attenzione, mentre eccitate si leccavano meccanicamente le labbra.

Lui, il maschio superdotato del cartellone, ostentava, appena velato dietro uno slip trasparentissimo, il suo membro abnorme. Dote evidente di un superbo stallone.

Era solo una foto, ma sembrava che già il grande coso maschio pulsasse e premesse contro il fragile diaframma di organza. Come se fosse sul punto di sgusciare fuori e raggiungere chissà quale fica fortunata.

Barbara si leccò ancora, con automatico abbandono al desiderio, le labbra morbide di burro di cacao. Poi diede un colpetto sul braccio di Divina e, con una leggera oscillazione del capo, le fece cenno che purtroppo toccava loro andare. Anzi proprio affrettarsi. Essere perfettamente in tempo per l'apertura della banca. Soprattutto per poter torchiare i dipendenti in ritardo, anche minimo. Meglio se maschi.

E in effetti qualcuno degli impiegati era in leggero ritardo. Niente di straordinario, un cinque minuti. Ma una somma di tre ritardi, anche piccoli, lo sapevano, avrebbe comportato una punizione. Solo che nessuno aveva mai accumulato tre ritardi, e in cosa potesse consistere questa punizione non era dato sapere.

Lo seppe però quella mattina tal Mattia Filippetti: bell'uomo, cassiere, single, pendolare, sempre alle prese con gli autobus, e con i loro ritardi, che lo portavano da casa nei pressi della banca.

Quella mattina il Filippetti aveva quasi dieci, dico dieci, minuti di ritardo. La cosa grave era che questo ritardo si sommava a due precedenti, di minore entità, ma questa non era un'attenuante. C'erano gli estremi perché scattasse la punizione. Quale che fosse.

E infatti subito Barbara, la Direttrice, lo convocò nella sua stanza. Filippetti entrò timido e irresoluto, ma comunque con tutto il suo innegabile bell'aspetto.

"Filippetti, lei si rende conto della sua posizione? Tre ritardi tre, dico... – esordì severa la Direttrice – e insomma non posso fare a meno di procedere a infliggerle la punizione prevista..."

Mattia Filippetti guardava nel vuoto, cercando di placare l'ansia.

"Che poi, caro Mattia – e qui la sua voce si faceva suadente, insinuante, seduttiva – è una punizione per modo di dire, è una punizione tanto piacevole da non essere in effetti una punizione..." La Direttrice fece un sorriso che voleva essere maliardo. E scoprì la sua dentatura storta, come un po' storto e sgradevole era tutto il suo corpo.

"Una punizione piacevole? In che senso?" osò chiedere Mattia Filippetti, perplesso e nient'affatto rassicurato.

"Ecco vedi, Mattia – la Direttrice aveva adesso una voce roca e cupa – ti chiedo di farmi un servizio, sì diciamo così, ecco, un servizio..." Avanzò verso il Filippetti, all'improvviso gli prese con forza il volto fra le mani, lo spinse verso il basso, fino a che lui, soggiogato e basito, dovette inginocchiarsi. E a questo punto in un istante si aprì la gonna, scostò di lato lo slip. "Dai Mattia, dai... con la bocca... su, dai..."

Filippetti non aveva molta voglia di obbedire: la Direttrice non gli piaceva, non lo eccitava. Ma sapeva bene chi comandava in banca e in tutta la città. Le donne, anzi, per meglio dire, le femmine. Se non obbediva, la Direttrice l'avrebbe potuto licenziare, senza un sindacato che lo potesse difendere: anche a capo del sindacato c'era una femmina, e certo non era impegnata a difendere i maschi.

Filippetti ruppe gli indugi. Si mise a leccare. Senza voglia ma con zelo.

La Direttrice, alla fine, lo carezzò a lungo affettuosamente in testa. Come si carezza un cane fedele, che è stato buono.

Filippetti si rialzò in fretta. Fece la mossa di guadagnare subito l'uscita.

"Un momento, Filippetti, un momento. Aspetti ad andare via..." Filippetti la guardò costernato, temendo il peggio. "Vedi, caro Mattia, tu sei molto bravo, proprio bravo... sono rimasta soddisfatta, più che soddisfatta. Voglio fare un regalo alla mia amica Divina, la Revisora dei conti. Vai da lei, la sua stanza è qui affianco, lo sai no? e fai anche a lei..."

Filippetti ebbe l'impulso di svignarsela. Anche la Revisora dei conti non era affatto una bella donna. E insomma a lui non piaceva per niente. Ma poteva mai osare ribellarsi? Disobbedire alla Direttrice da cui il suo impiego e la sua carriera dipendevano?

Ebbene obbedì.

Alla fine di quest'altro servizio la lingua gli si era irritata, gli dava fastidio. Ma era contento perché aver obbedito gli dava garanzie sul suo futuro. Obbedire alle femmine poteva essere una necessità vantaggiosa. Loro, se volevano, sapevano come premiare i maschi disponibili.

Adesso Barbara e Divina si compiacevano a scambiarsi i gustosi eccitanti dettagli delle leccate di Mattia Filippetti: la velocità, la pressione, le pause, il tempo che ci avevano messo ad arrivare. E ridacchiavano trionfanti e beffarde: ancora una volta avevano umiliato, piegato alle loro voglie, un maschio. Era una pacchia insomma essere femmine.

Mancavano molte ore alla fine della giornata lavorativa. Ma già Barbara e Divina pregustavano il momento in cui, rincasando, avrebbero trovato i loro solerti maritini, armati di grembiule e cuffietta, intenti a preparare un bel pranzetto. E guai a loro se avessero sbagliato qualcosa come la qualità degli ingredienti, le spezie, la quantità di sale, il tempo di cottura. Si sarebbero abbattute su loro grida feroci, e non blandi rimproveri.

In un mondo per femmine, per i maschi non c'era nessuna indulgenza.

Ma così mi fai impazzire

Tu sei arrivato nella mia vita come una benedizione. Quando oramai mi ero stufata dei giovani. Ne avevo avuti parecchi di compagni di vent'anni o poco più.

Un disastro, tutti quanti. Infantili, teatrali, presuntuosi, sbruffoni, esagitati, invadenti, inetti e sempre esagerati. E soprattutto, a letto? Non ti dico.

Non ce n'era uno che non credesse di essere un grande amatore. E se invece magari non ci credeva, recitava la parte di quello che se ne mostra sicuro e pensa di convincere la partner, anche se i fatti clamorosamente lo smentiscono.

Questi giovincelli da strapazzo rischiavano veramente di farmi un danno psicologico, oltre a non riuscire a soddisfarmi. Erano arrivati a esasperarmi fino al punto che provavo per loro disprezzo. E questo disprezzo si poteva estendere facilmente a tutti i maschi, anche a tutti quelli che non avevo conosciuto.

Nelle chiacchierate gustose con le amiche del cuore i miei maldestri amanti era oggetto, fra risatine e silenzi pensosi, di spietato sarcasmo e sconsolata delusione.

Rischiavo di generalizzare e decidere di farla finita con tutti i maschi. Mi sarei soddisfatta da sola, o avrei provato addirittura il sesso lesbico?

Non mettevo in conto di poter andare a letto con un uomo maturo. Uno che poteva essere mio padre quanto a età. Quest'idea mi ripugnava. Sono stata educata con dei princìpi, io.

Invece, quando ti sei fatto avanti tu – alla cassa del supermercato con quanta grazia mi hai ceduto il posto nella fila – nel tuo sorriso ho letto qualcosa in più della signorilità, quella che si usava un tempo e che per te è sempre attuale. Nel tuo sorriso ho letto il desiderio di un maschio sano, timido eppure deliziosamente sfrontato.

Quando ti sei offerto di aiutarmi a sistemare la voluminosa spesa nel bagagliaio, con quanta naturalezza l'hai fatto. Ho sentito che dovevo accettare.

Che importava se non eri bello come qualcuno di quei giovincelli insipidi con cui me l'ero fatta fino ad allora? Il tuo fascino era che ti mostravi subito, al primo sguardo, un vero uomo.

Ho accettato la tua cavalleria. E così stavo accettando qualcosa di più. Qualcosa di più che anch'io volevo.

Tu hai detto che eri venuto senza auto (forse era un'astuta bugia, chissà). Così, se ti potevo dare un passaggio con la mia auto fino a casa tua... ma io avevo già intuito cosa mi avresti detto davanti al portone: di aiutarti a portare la tua spesa sopra, come se tu non fossi l'uomo maturo ancora vigoroso che chiaramente eri.

E poi, entrati in casa, per disobbligarti ed essere ospitale, mi avresti offerto un drink. Piuttosto alcolico.

Il seguito, che tutti e due oramai desideravamo, era scontato. Non c'era bisogno di parole. Determinazione seduttiva, la tua, la più ambita da una donna: senza volgarità, senza incontrollate goffaggini, senza alcuna arrogante *avance*.

Tu che hai avuto tante donne nella tua vita – e non riesco a esserne gelosa – non hai quella fame erotica esagitata e scomposta dietro i gesti maldestri dei ragazzotti che ho dovuto fronteggiare.

Per te sono come uno strumento musicale che tu sai suonare con mani sapienti, misurate, rispettose, intriganti.

Perfino il membro più terribile e volgare sai manovrarlo con delicata gustosa fantasia. Me lo strofini sulle labbra, ed è una carezza gentile. Fingi di volermelo infilare nelle narici e ve lo appoggi come un animaletto curioso, graziosamente impertinente. Me lo passi sulle palpebre pudicamente chiuse, ed è un massaggio ben accetto. Poi me lo strofini con abile lentezza nelle orecchie, e mi fai un solletico eccitante che al tempo stesso mi muove al riso.

Tu conosci i tempi opportuni, le pause della giusta durata al momento giusto. Non è la continuità dell'assalto sessuale quel che veramente vuole una donna: una pausa sapiente, perfino prolungata ad arte, può creare l'attesa spasmodica, imprevista e imprevedibile, di una nuova imminente invenzione.

Tu hai fantasia, gusto, esperienza. Anche nei fatti più ovvi, le penetrazioni – in cui tanto spesso i maschi si rivelano maldestri, volgari, egocentrici – tu raggiungi un equilibrio virtuosistico. Sai essere delicato e gentile ma al tempo stesso virile e irruente. Sai prendere tu l'iniziativa di possedermi eppure lasciarmi la sensazione che sono stata io, al colmo di un'eccitazione addirittura dolorosa, a chiederti, come una liberazione, di entrarmi dentro.

Non ti butti mai a capofitto su di me come su una docile preda al servizio delle tue voglie. Se mi guardi negli occhi o percorri centimetro dopo centimetro la mia pelle con le tue labbra tiepide, la tua lingua calda, mi dai l'idea che conosci e rispetti il mio corpo come conosci e rispetti il tuo. E che fai sesso con me per darmi piacere perfino più che per ricavarne tu stesso.

Possibile che esista un uomo così? Ebbene esiste: sei tu.

A volte mi chiedo se tu mi ami anche. Nel senso che l'amore va oltre il solo accordo sessuale. Non saprei rispondere. Ma forse sì.

E io? Io ti amo? Di più: io ti adoro. Perché non semplicemente ti desidero. Non semplicemente godo per la tua abilità a farmi godere. Non semplicemente ti sono affezionata e in tante cose mi prendo cura di te. Io non posso nemmeno immaginare di vivere senza di te. Mi sento male al solo pensiero che ti possa capitare qualcosa di brutto. O che addirittura io possa perderti.

Se posso, e penso che posso, voglio farti felice. Tu me l'hai fatta conoscere la felicità. Non più un concetto astratto, non più una parola abusata.

E allora a volte quasi mi verrebbe da gridarti, mentre mi sollevi leggera fino all'acme: "Ma così mi fai impazzire".

La pazza felicità però non ammette parole. La pazza felicità è muta.

Le carte a posto

Io, Michele, e mia moglie, Arianna, siamo una vecchia coppia. Io 65, lei 62. Una coppia tranquilla, collaudata, inossidabile. Ci siamo sempre voluti un gran bene e rispettati. Appena ogni tanto qualche baruffa: ma, come dice il proverbio, amor senza baruffa fa la muffa.

Così credevo.

All'improvviso, l'amara sorpresa.

Vado a raccontarla, cercando di rimanere sereno.

Fra i riti patologici del matrimonio o, più in generale, della convivenza, c'è quello di conservare in casa di tutto. Per anni e anni. In cassetti, ripostigli e angoli dimenticati. Alla rinfusa, senza altro criterio che quello dettato dalla smania di conservare ("Dovesse tornare utile, chissà..."). Così si formano stratificazioni profonde e indecifrabili, bisognose di scavi archeologici.

Nel nostro caso, si tratta soprattutto di carte: io sono scrittore, Arianna prof al liceo classico. La carta, le carte, ci hanno accompagnato per decenni. Fedeli, non avrebbero voluto lasciarci.

Ma l'altro giorno ho sentito l'urgenza di ribellarmi. Mi sono messo alacremente all'opera. Al grido di "Buttare, buttare, buttare!"

Però fra le carte obsolete e inutili si può sempre annidare invece qualcosa di prezioso. Occorre quindi spulciare con calma. Frenare e mitigare l'imperativo del 'buttare' con un'attenta disamina.

Ma c'è anche di più. Che me lo proponga coscientemente o meno, sono sempre alla ricerca di spunti narrativi. La mia inventiva, alla mia età, è ormai fiacca, devo ammettere.

E sono stato fortunato. Spulciando fra carte ingiallite, qualcuna ancora sporca di caffè o perfino di un residuo di miele o marmellata, ho trovato titoli promettenti. Chissà perché – come faccio ora a ricordarmelo? – rinunciai a tradurli in testi narrativi. Oppure mi sono capitati fra le mani racconti incompiuti. Adesso saprei come condurli al termine: è venuta meno la sfiducia e l'inesperienza che determinarono un abbandono.

Ci ho messo l'intera giornata a fare pulizia. Alla fine ho buttato più del novanta per cento delle carte cavate da vari anfratti della casa.

Ero stanco ma soddisfatto. Provavo il senso esaltante di una liberazione. E avevo rimediato alcune trame niente male, degne di sviluppo.

Arianna ha apprezzato molto il mio lavoro. Un complimento generoso e un largo sorriso. La sera tardi, ma non troppo tardi, ero quasi distrutto, perbacco. Mentre andavamo a coricarci, lei mi ha detto: "Io sono pigra, lo sai, e poi le mie carte sono perfino più delle tue, ho conservato le cose più assurde, non so perché. Ci pensi tu a fare pulizia? Lo sai che mi fido. Del resto hai seguito passo passo la mia avventura di insegnante, sai quasi tutto quel che c'è da sapere..."

Ho accettato volentieri. E ci siamo addormentati subito, ancora immuni da insonnie senili, meno male.

La mattina seguente, anzi era ancora notte, sono saltato dal letto come una molla. E in pochi minuti ho raccolto, sul tavolo più grande che abbiamo, tutte le carte di Arianna.

(Forse un uomo non dovrebbe mettere le mani nelle carte di una donna, di una prof, e tanto meno di una che è sua moglie... ma io l'ho fatto, con una determinazione e una disinvoltura che mi hanno sorpreso.)

Quante porcherie che sarebbe stato ragionevole cestinare subito! E invece carte di dieci, perfino venti, trenta anni prima, inutili e prive del pur minimo requisito del ricordo prezioso: stavano lì, indifese davanti alle mie mani implacabili. Cestino, cestino, cestino.

Poi sono incappato nella brutta della lettera con cui Arianna comunicava al grande scrittore Jorge Messi l'intenzione di fare la tesi di laurea su di lui. E chiedeva di incontrarlo per un'intervista.

La risposta di Messi non l'ho trovata. Ma ricordo che lui l'intervista la concesse. E che fu il pezzo forte della tesi.

Ho messo da parte la lettera: ad Arianna poteva interessare conservarla. Le avrei chiesto conferma quando fosse tornata da scuola.

E ho continuato infaticabile l'operazione cestino.

Quella che ora mi capitava fra le mani, ben custodita in una busta celestina appena sgualcita, era un'altra lettera. Questa pure in spagnolo. Ma con una grafia differente da quella di Arianna. Una grafia rotonda, imperiosa, fluida. Insomma, non era una lettera scritta da Arianna. Ma una lettera di Messi a lei.

Anche se il mio spagnolo è zoppicante, non ho avuto bisogno del vocabolario per capire. Lo slancio, l'entusiasmo, la passione delle frasi non lasciavano dubbi. Fra loro c'era stato molto più che un'intervista.

Poi altre lettere, continuando la mia cernita, mi capitavano fra le mani, a cascata. Lettere di lei a lui, di lui a lei. Non potevo dubitare: una lunga relazione fra loro. (Io, accidenti, ero riuscito a non accorgermi di niente. Che stupido, io e la mia benedetta letteratura...)

Ciò che state leggendo non vuole essere una confidenza o uno sfogo.

È l'annuncio di un racconto. Io sono e sarò, fino in fondo, scrittore. Condanna e riscatto.

Non ho detto niente ad Arianna. Non le ho detto che ho trovato il carteggio – chissà perché non l'ha distrutto. Non le ho detto il mio stupore, il mio sconcerto, la mia mortificazione, il mio dolore. Io che credevo che mi fosse sempre stata fedele, come le sono stato io, eppure ne ho avute occasioni...

Lei non sa niente. E non deve sapere niente. Mi sono sforzato di essere con lei uguale a sempre. Premuroso, affettuoso, educato.

Così ho trattenuto in me tutta l'energia. E subito ho deciso il da farsi. Dal carteggio cavare un racconto. Ma non posso scriverlo subito. Devo fare decantare rabbia e smarrimento.

Però penso che sarà un grande racconto, un piccolo capolavoro.

Non so, e non voglio saperlo naturalmente, quanto godette Arianna a letto con Jorge Messi. Ma dubito che possa aver goduto quanto, con la mia sapienza di scrittore, saprò far godere l'Arianna del mio racconto.

Ragazze solari

Ernesto è un mio amico. Anzi, *il* mio amico. Quello più caro, più premuroso, più generoso. Che si può volere di più dall'amicizia? Anzi, che si può volere di più dalla vita?

Però c'è un però. Nella sua premura, nella sua generosità, Ernesto è mosso da uno slancio irrefrenabile che lo induce spesso a trascurare la conoscenza. Insomma, non mi conosce bene. E privilegia la cieca generosità rispetto all'attenta disamina di quelle che sono le mie esigenze, i miei desiderata.

Capita che ogni tanto, non richiesto, mi fa qualche regalo inopportuno.

Voglio fare un esempio. L'ultima che ha combinato. Così potrete rendervi conto.

Bisogna sapere che io con le ragazze sono una frana. Mi piacciono molto, anche quelle non tanto carine – hanno tutte qualcosa di grazioso e segreto che mi attira comunque. Ma quando si tratta di abbordarle, mi emoziono talmente che mi impappino. Ed è subito un disastro.

Ernesto è tutto il contrario. Non è questione di bellezza, intendiamoci: lui non è più bello di me. Anzi. È semplicemente che lui con le donne ci sa fare. Le attira come mosche sulla cacca... cioè no, scusate, volevo dire sul miele.

Ne ha sempre talmente tante per le mani – e dico mani per non dire altro – che, nonostante sia molto virile, non ce la fa a gestirle tutte.

E allora, cosa ha pensato l'altra settimana? Ha pensato, premuroso e generoso qual è, di prestarmene una. O meglio, di regalarmela!

A voi femministe, che magari state leggendo, ve lo dico in anticipo: Ernesto è un porco maschilista che concepisce e tratta le donne come puri oggetti, non ci sono dubbi: prestare o regalare una donna a un amico! È semplicemente ignobile.

Ma lui l'ha fatto. E io, come potrei non confessarlo?, non ho avuto la forza di rifiutare. La ragazza era carina, accidenti e com'era carina.

All'appuntamento, Ernesto l'ha spinta verso di me con la grazia con cui si spinge il carrello al supermercato. E mi ha detto: "Si chiama Solange, è di origine francese, ti piacerà, è una ragazza solare..."

Lei mi ha sorriso, è arrossita un po', si è accostata sinuosa e suadente. Promettente. Ma io mi ero distratto. Colpito e preoccupato per quel "è una ragazza solare".

È d'uopo a questo punto una spiegazione. Sono anni che non vado più al mare. E che c'entra questo?, direte voi. C'entra, eccome c'entra.

Non vado al mare per vari motivi. Ma soprattutto uno: ho la pelle chiara e delicatissima. Ebbene il sole al mare scotta di più, per cui io mi brucio maledettamente, nonostante l'uso accorto di pomate ad altissima protezione.

Orbene questa Solange, l'abbiamo detto, era una ragazza solare. E quindi, come avevo subito sospettato e intuito, mi poteva fare l'effetto di una sciagurata esposizione al sole.

E così in effetti è stato. Queste ragazze cosiddette solari, tanto decantate sempre, sono invece, per noi gente pallida, una vera iattura.

Solange, già ai primi approcci, ai primi abbracci e baci – deliziosi, devo dire – la sentivo calda, anzi bollente. Emanava un calore spaventoso, insostenibile. Ma, quel che era più grave, da ragazza solare qual era, ovviamente privilegiava il sole vicino al mare. E lì, in quei posti deleteri, mi attirava con le sue innegabili grazie e le sue collaudate arti femminili. Io non sapevo dire di no, come pure avrei dovuto.

Avevo voglia a spalmarmi tutto di pomata protettiva – già la cosa mi rendeva ridicolo ai suoi occhi – due nemici implacabili mi assillavano e presto mi vincevano: il sole a picco sulla spiaggia e gli scogli, lo splendore solare di lei nei suoi baci e carezze roventi.

A un certo punto mi guardava perplessa. Forse sul punto di scoppiare a ridere. Ed io, anche senza ispezionarmi ancora in uno specchio, già sapevo di essere tutto paonazzo e bruciato. Dovevo essere esteticamente orrendo, e non mi potevo nemmeno più permettere il sesso.

Alla fine di questa brutta storia, mi dovettero addirittura ricoverare nel reparto grandi ustionati. Mi raccomandai con la caposala di non far entrare nella mia camerata una ragazza di nome Solange.

Mi ci volle molto tempo per guarire. Quando fui di nuovo in piedi, fuori da un letto, con la mia pelle chiarissima e lentigginosa, corsi da Ernesto. Nel periodo della mia degenza, lui aveva fatto solo una fugace e imbarazzata capatina.

Ero arrabbiato con lui. Anche se lui mi aveva offerto Solange per amicizia, a modo suo, ignaro delle conseguenze.

È vero che a volte gli esseri umani escono di testa e fanno gesti inconsulti di cui subito si pentono. Successe a me: mi scappò di mollargli addirittura un tremendo manrovescio.

Con il labbro inferiore che gli sanguinava, Ernesto mi guardò sgomento – non lo dimenticherò quello sguardo. Poi riuscì a bisbigliare, un bisbiglio dettato da amara saggezza: "Ecco cosa si guadagna ad aiutare gli amici!"

Foglioline incalzate dal vento

Quando t'ho conosciuta, era un momento particolare della mia vita. Fra malattie e incidenti mi erano morti tutti quelli della mia famiglia. Ero rimasto solo in casa, in un silenzio opprimente al quale invano cercavo di sfuggire rievocando voci del passato. Quella flautata di mia madre, quella brusca eppure solidale di mio padre, quella ironica e impertinente di mio fratello. Allora accendevo la radio, la tv, mettevo al computer su Youtube canzoni a tutto volume. Ma niente riusciva a riempire il vuoto della mia solitudine.

Al lavoro, settimana corta dal lunedì al venerdì, ero nella Biblioteca Nazionale, addetto alla distribuzione dei volumi. Lì solo qualche brevissima frase, a bassa voce, quasi sussurrata, era permessa. Per non disturbare i seriosi accaniti lettori. Ogni tentativo di infrangere la regola veniva stroncato con prontezza e perfino con un accenno di sdegno. Lì non ero solo come a casa ma, perfino più che a casa, fasciato e compresso in un silenzio ossessivo.

Un giorno però arrivasti tu. Barbara. Laureanda in Storia moderna con una tesi sull'evoluzione della lingua italiana dal Rinascimento a oggi. Avevi bisogno di consultare dei manoscritti rari che in Facoltà non erano disponibili. Venisti al mio sportello a chiedere informazioni sui cataloghi e sul modo migliore per consultarli. Ricordo che subito mi colpì il volume della tua voce, assolutamente troppo alto. Ma ancora di più mi colpì la tua voce gioiosa, impetuosa, velocissima a inanellare parole su parole. Tanto che, mentre concupivo la tua formosa siluetta, mi riusciva difficile seguirti nel discorso.

Ero proprio contento di averti incontrata. Tu eri quella che rompeva di slancio la tenace monotonia della mia vita afona. E subito, ancora prima di consegnarti i volumi che avevi richiesto, pensai a come farti la corte: potevo magari offrirmi di accompagnarti da qualche parte. Un bar o un monumento suggestivo o magari una terrazza panoramica. E poi il colpo grosso. Portarti a casa mia. Ma non per cercare di fare sesso. No. Solo perché la tua loquela, come allegro gagliardo fiume in piena, potesse ridarmi la pienezza di un suono amico e instancabile. Una barriera fluida contro la stasi dei silenzi amari.

Riuscii a trattenerti in Biblioteca fino all'ora in cui finiva il mio turno. Forse mi trovavi simpatico, così come io ti trovavo attraente. Ma per trattenerti mi bastò darti a parlare: io lanciavo con pochissime parole un qualsiasi argomento, e subito tu ti scioglievi in una loquela diluviale. E non c'era argomento che potesse bloccarti, costringerti alla stringatezza e alla concisione. O addirittura a fare scena muta. Per metterti alla prova, tirai fuori i "Prolegomeni prodromici", titolo di un libro di cui avevo letto a fatica la prima pagina. Tu Barbara avesti un istante di pausa, non più di un istante in cui mi scoprii divertito all'idea di averti stoppata. Ma subito dopo, forte anche dei tuoi studi universitari, mi facesti una vera e propria lezione, di filologia e filosofia, sull'argomento. Magari tu quel libro l'avevi letto tutto. Certo è che la tua fu una dottissima conferenza di quasi mezz'ora, di cui confesso che non capii quasi nulla.

Ma non era questa la cosa importante. Ora dovevo impegnarmi per portarti a casa. Invece della fatidica scontata collezione di farfalle, promisi dei volumi rarissimi – allusi senza ammetterlo che me li ero 'prestati' a tempo indeterminato in Biblioteca – volumi preziosi che sicuramente ti avrebbero interessata. Ci mettesti cinque minuti per dirmi che sì, venivi volentieri a vederli.

Camminavamo a passo svelto, casa mia era vicina ma non tanto. Quando attraversavamo la strada, ne approfittavo per metterti con finta disinvoltura una mano sui fianchi, come a proteggerti da auto e moto. Tu non avevi apparentemente nessuna reazione, né positiva né negativa. Pensavo che comunque ci stavi. Avresti diffuso la tua potente voce nella mia triste casa. Poi magari saremmo anche finiti a letto, ma questo era secondario per me.

Tu eri tutta impegnata a parlarmi. Nei circa dieci minuti per arrivare a casa, riuscisti a raccontarmi tutti gli avvenimenti salienti dei tuoi ventidue anni di vita: che avevi parlato a soli dieci mesi; che quando i genitori ti rimproveravano, tu tanto parlavi che li convincevi a non rimproverarti più; che alla scuola media rispondevi brillantemente e a lungo anche alle domande su materie che non avevi studiato bene; che fra le cantanti italiane ti piaceva Mina perché cantava da par suo "Brava, brava"; che a soli sedici anni avevi messo in fuga uno che ti voleva scippare la borsa seppellendolo sotto una valanga di improperi urlati a più non posso; che ti piaceva rispondere al telefono alle domande dei sondaggi, su qualsiasi argomento e, quando le domande finivano, ci rimanevi male perché avevi ancora tanto ma tanto da dire; che a diciassette anni avevi sopraffatto con una filippica travolgente tuo padre ingegnere che voleva convincerti a non iscriverti a Lettere e Filosofia; che il primo fidanzato, a diciotto anni, lo avevi lasciato dopo poche settimane perché parlava troppo, osava mettersi in competizione con te.

Arrivammo a casa mia. Mi apprestai a illustrartela, stanza per stanza, come si fa per educazione verso un ospite. E anche per farti intendere che non avevo nessuna smania di portarti a letto. Oddio, se ci stavi, non mi tiravo certo indietro, eri il tipo di ragazza che mi piace. Comunque, non era questo ciò che soprattutto volevo, e non avevo fretta. Ma già le pareti malinconiche, nostalgiche, si risvegliavano al furore generoso delle tue parole: eri tu a illustrare la mia casa a me, figurati. E la paragonavi, per similitudini e differenze, alla tua. Il fiume in piena bagnava le spoglie aride. Io ero ammirato, entusiasta che finalmente una voce capace, continua e duratura, sapesse vincere la resistenza silenziosa dei brutti ricordi.

In camera da letto, come vinta da improvvisa stanchezza, tu ti lasciasti cadere sul letto. Per imitazione o desiderio, feci così anch'io. Pensai che a questo punto dovevo prendere l'iniziativa, sennò che maschio ero? Ma tu mi precedesti. Mi slacciasti la cintura dei pantaloni con gesto rapido, mi apristi con mano sicura la patta, me lo tirasti fuori dai boxer, sgranasti gli occhi ed esclamasti: "Mamma mia, è un gigante!" M'inorgoglii, devo ammetterlo. Seguì una lunga pausa in cui mi chiesi, con meraviglia, come avessi potuto essere così concisa.

E infatti no. Aggiungesti tutto d'un fiato: "Ma dev'essere più di venti centimetri a riposo e più di trenta in erezione. Te lo dico perché ho la misura nello sguardo, non ho bisogno di rolline io, avrei potuto fare l'architetto o forse, meglio, il capomastro. Ma poi t'immagini i muratori maschi con la loro libidine compressa a concupirmi su tutti i ponteggi, dal basso, perché siete porcelloni e marpioni voi maschi, si sa, siete maiali in incognito. E non sarebbe stato certo un tranquillo ambientino allora il cantiere. Invece ho scelto un ambiente elevato, raffinato, l'università, la Facoltà di Lettere e Filosofia. Lì insegno come ricercatore, ma un giorno sarò prof associato e poi ordinario. Comunque torniamo a te e al tuo 'strumento': alcuni direbbero quel grosso serpente fra le gambe... curioso eh il linguaggio, quanto sa essere ricco, imprevisto, con metafore ardite e spiritose. Ecco, dire il cazzo è volgare e mortifica la signorilità che una donna deve preservare; a dire il pene, sembra di stare in un ambulatorio medico, e invece sfrenarsi con la banana, la verga, l'asta, il bastone, l'uccello, il pisello, la nerchia..."

Io intanto avevo avuto un'erezione, e mi accingevo a spogliarmi e a spogliarti per procedere. Ma il fiume delle tue parole cominciava a narcotizzarmi. Il cazzo, o come altro era giusto chiamarlo ora, cominciava a fare marcia indietro. Passare dai duri trenta ai mosci venti centimetri, a voler dar credito alla tua misurazione a occhio.

Abbiamo fatto comunque l'amore. Ed è stato un terribile flop. Tu fisicamente mi piacevi assai, e questo sembrava potesse portarmi di nuovo dai venti ai trenta centimetri. Senonché tu cominciasti a dire, con l'affanno di chi, non richiesto, vuole correre in aiuto: "Carlo, non preoccuparti, è un accidente che può capitare a tutti, anche agli stalloni, e soprattutto la prima volta con una ragazza a cui si tiene molto. Io mi sono fatta l'idea che tu ci tieni a me. E poi, l'avrai intuito, non sono il tipo che si irrita, che recrimina o addirittura fa ironia, io sono una creatura comprensiva, di mente aperta, una che guarda lontano, e la mia lungimiranza mi dice che tu devi essere un formidabile amante. Allora, lasciati andare, rilassati, abbandonati ai miei baci e soprattutto alle mie parole, tiepide, morbide, protettive, amiche e complici: sì, io ti sono complice, sai cosa vuol dire essere complici, naturalmente. Il sesso, ancor prima dell'irruzione dell'amore, si nutre di complicità, di gioco, di scherzi perché nel sesso diventiamo di nuovo bambini, bambini navigati e viziosi, ma pur sempre bambini. Quindi non angustiarti se il famoso serpente che hai fra le gambe non vuole strisciare come dovrebbe fra le mie cosce, il paradiso del piacere può attendere, il paradiso del sesso è paziente e generoso... Vedi, Carlo, ci conosciamo appena, eppure siamo già così solidali, così meravigliosamente complementari: tu spartanamente conciso, io esplosivamente ridondante. Un bel contrasto, di quelli che funzionano nei matrimoni..."

A questo punto mi hai guardato con una lunga occhiata allusiva, accompagnata da un sorriso titubante. Ho capito che correvi talmente tanto che non ti sarebbe dispiaciuta addirittura una mia proposta di matrimonio. Era davvero troppo presto, ovviamente. Io nicchiai con sorniona signorilità. Ma dopo appena un mese la solenne dichiarazione e la perentoria proposta di matrimonio te la feci. E, in forma privata e discreta, ci sposammo in chiesa. Solo che al momento del sì, tu dovesti frenarti: stavi per far seguire, al tuo sì a voce alta, una lunga esaustiva motivazione! Il sacerdote, don Fulvio, ti fulminò. Poi guardò me, ed ebbi la sensazione che volesse chiedermi: "Ma sei sicuro di volerla sposare?"

Io però ero sicuro. La nostra nuova vita, nella casa che mi aveva visto imprigionato nel silenzio dei ricordi amari, scorreva ora tranquilla, serena, vivificata ogni momento dalla tua verbosa vivacità.

Un figlio, uno solo, lo volevamo. Tu volevi una femminuccia, io un maschietto. Nacque Vittorio. Si chiamò così perché tu ti mettesti nelle mie orecchie per ore e ore, e alla fine io mi arresi, rinunciai ai nomi che preferivo, Sergio, Alessandro, Paolo, Mario, Fausto.

Vittorio era un bimbo tranquillo, sano, che non dava particolari problemi. Per addormentarlo tu gli raccontavi tutte le favole che una madre può conoscere. Vittorio si sarebbe addormentato presto, senonché tu le favole gliele raccontavi alla maniera tua, a voce alta: il poverino, sul punto di calare le palpebre, aveva un sussulto e si risvegliava. Ma poi ben presto crollava frastornato dal diluvio fitto delle tue parole.

Vittorio cresceva in un grigiore senza scosse. Non mostrava una grande personalità, una sua identità autonoma. Interrogato su cosa volesse fare da grande, a volte rispondeva che voleva fare lo storico della lingua, come la mamma, a volte che voleva fare il bibliotecario, come il babbo. Noi facevamo finta di niente, non volevamo assillarlo (ma una volta ti sorpresi a decantargli a lungo la superiorità del tuo lavoro rispetto al mio).

Il tempo volò via rapidissimo. Consideravamo Vittorio ancora un ragazzino, e invece aveva compiuto già sedici anni, era ormai un giovanotto. A questo punto lui ebbe un colpo di coda: abbandonò lo sterile tentennamento fra bibliotecario e storico della lingua. Decise che avrebbe fatto l'attore. Si iscrisse alla Scuola Europea per l'Arte dell'Attore. Io gli fornivo i libri di opere teatrali che potevano servirgli. Tu ti offrivi di provare con lui scene con dialoghi fra un uomo e una donna: esercitazioni amatoriali casalinghe in aggiunta a quelle professionali a teatro. Vittorio accettava solo per non farti dispiacere, o perché non riusciva ad alzare un argine contro il tuo torrente.

Un giorno però si ribellò. Senza strepiti se ne andò via di casa. E non si fece più sentire. Tu insistevi a cercarlo sul cellulare, ma lui non ti rispondeva. Se gli telefonavo talvolta io, mi accennava che lo aveva fatto a causa del tuo comportamento. E io cominciavo a capire cosa volesse dire.

La casa, anche senza Vittorio, era sempre colma di voci, o meglio, di *una* voce, quella instancabile, la tua. Tu sai, l'hai saputo sin dall'inizio, quanto mi piaccia leggere. Quei libri che in Biblioteca devo distribuire al pubblico, a casa me li posso portare in prestito e leggermeli in santa pace. Già, questo succedeva prima di conoscerti e sposarti. Ma ora tu pretendi di leggerli assieme a me, e voce alta! Hai fatto di un paradiso solitario, un inferno in compagnia.

Ecco, cosa volevi da me, ecco perché mi hai scelto. Già, perché sei tu che hai scelto me: tu volevi un marito che ascolta e ascolta e ascolta, te che parli e parli e parli. Tu volevi questo squilibrio favorevole, altro che complementarità.

Ma l'altro giorno, pensando a Vittorio che aveva avuto il coraggio di andarsene, ho avvertito che una soluzione c'era anche per me. Io però non me ne sarei andato. Perché avrei dovuto andare via dalla casa che è mia, quella della famiglia mia? Avrei cacciato te.

E l'ho fatto, trovando la forza di mille parole feroci e implacabili, di cui credevo solo tu fossi capace. Invece anch'io. E sei andata via. Incredibile: sei andata via senza parole!

Subito dopo, però, sono stato preso da smarrimento. Il silenzio, duraturo metronomo delle mie ore casalinghe, mi avrebbe risucchiato? Sarei tornato ostaggio dei ricordi familiari che si sarebbero fatti largo nella mia mente? Mi sarei nientemeno pentito della mia decisione, avrei rimpianto il tuo asfissiante rumore verboso?

E invece... E invece ho scoperto che il silenzio non è vero silenzio. Ho cominciato a percepire le sue voci. Un cane in lontananza abbaiava, due piccioni sulla grondaia tubavano, due vecchiette in strada pettegolavano, delle biciclette passavano con un tenue brusio, chiome di alberi oscillando sembravano bisbigliare.

Poi, ho potuto cogliere un fruscio sommesso e delicato. Mi sono affacciato alla finestra, ho guardato con attenzione. Era un fruscio continuo di piccole foglie sul selciato. Foglioline incalzate dal vento.

Non è il caso

Su, non fare l'offeso, non prendertela così. Non cercare di conquistarti ancora più importanza di quella che già ti si concede.

Lo sai che lei è normalmente esagerata. Questo, poi, è stato un momento di esasperazione. E qui mi prendo la mia bella parte di colpa: sono stato io, a mia volta incalzato e asfissiato da te, a stuzzicarla, torchiarla, assediarla. E le è scappato di dire questa cosa certamente sgradevole, ma che per te, lo so, è terribile: essere definito 'la schifezzella'.

Tu poi, come tutti i tuoi simili, sei patologicamente orgoglioso. Con questa ossessione delle misure, le misure a riposo, le misure in azione. Con questa fissazione dei paragoni, questo mito dei superdotati, della resistenza prolungata. Che subito ti vergogni se non fai il tuo dovere e non ti allunghi e ti indurisci come si deve al momento opportuno. E però guai a sottolinearlo, anche senza intento alcuno di derisione. Non sopporti che te lo si rinfacci. Se proprio è una *défaillance* di cui vergognarsi – sembra che la maggioranza la pensi così - tu vuoi vergognarti in solitudine, nel tuo protetto pudore.

Sei suscettibile. Eppure voglio essere franco con te. Ti credi bello, sei vanitoso. Però quando sei ridotto alle minime misure, rattrappito e quasi rintanato e nascosto in mezzo ai testicoli, sei proprio miserello. Brutto e ridicolo. Ma anche di questo non ti devi adontare, come se il tuo fosse un caso isolato. Guarda, per esempio, le statue di personaggi maschili che grandi scultori hanno creato: guardale all'attacco delle gambe.

Si tratta di eroi, di miti, di eminenze storiche tanto notevoli da aver sfidato il tempo e conquistato l'immortalità e... ebbene, cosa hanno laggiù fra le gambe? Un pisellino corto corto, infantile direi, che forse soffre ben più di te per essere esposto in queste condizioni, per sempre, allo sguardo di sterminate moltitudini di turisti, amanti dell'arte, studiosi. E vorrebbe tanto un panneggio amico per potersi sottrarre all'ironia, ai sorrisetti compiaciuti. Soprattutto di tanti maschi che avevano temuto per l'adeguatezza della propria virilità e ora possono tirare un sospiro di sollievo.

Ma non è per queste ragioni, lo so, che lei ti ha chiamato 'la schifezzella'. Non è all'aspetto estetico, al problema delle misure che si riferiva: di quello a lei importa poco o niente. Lei voleva dire che tu vuoi sempre fare *quelle* cose, le *schifezze* insomma, secondo una diffusa espressione perbenista. Il coso che vuole fare le schifezze: riassunto in una parola, la schifezzellla. Lei non può sopportare che stai sempre pronto ad eccitarti, e pretenderesti di fare sempre l'amore, come se lei fosse un giocattolo sessuale sempre a tua disposizione. Non può sopportare che stai tutto concentrato sulla tua soddisfazione, ma anche sulla tua prestazione, se sei stato gagliardo e valoroso, per potertene vantare. E magari non ti sei manco accorto che non c'è proprio un bel niente di cui vantarsi perché, per badare solo a te, non ti sei sintonizzato con lei, non sei stato attento a cogliere le sue esigenze, le sue richieste, i suoi tempi. Insomma sei stato ancora una volta un fottuto egocentrico. Tu sei il re dei maschilisti, per te le femmine devono essere facili trastulli passivamente disponibili. E vediamo se hai il coraggio di dire che non è vero!

Ma passiamo a quello che anch'io ho da recriminare, che non è meno grave.

Pure verso di me hai pretese assurde. Come sempre frutto del tuo cieco egoismo. Ti rendi conto che io devo studiare – all'università mi tocca superare esami difficilissimi, con docenti che sono esigenti se non proprio spietati - e per studiare seriamente devo potermi concentrare al massimo? Ti rendi conto che devo badare almeno un poco alle faccende di casa, che devo uscire a fare dei servizi, e incontrare persone che mi possono essere utili? E poi la notte devo riposare, dormire bene è fondamentale per chi studia.

Ma tutto questo come posso farlo se tu lì, in mezzo alle gambe, stai ogni momento a distrarmi gonfiandoti e reclamando...? In frigo ti dovrei mettere, ecco. Purtroppo, però, non sei un attrezzo che all'occorrenza si svita e poi si riavvita. Stai invece ben legato al pube e mi trasmetti quella vibrazione di desiderio doloroso che reclama una risoluzione.

Me lo fai perfino in pubblico, all'improvviso, mascalzone che non sei altro. E subito mi guardo lì, preoccupato che la cosa sia così vistosa che gli altri se ne accorgano e chissà cosa vadano a pensare.

Ma chi ti credi di essere, piccolo coso che appena sai diventare un po' meno piccolo? Pretendi di essere il protagonista assoluto della mia esistenza? Te lo dico una volta e non te lo ripeterò: mi devi lasciare in pace. Non puoi invadere, ogni momento che ti pare, la mia vita, non mi puoi far fare figuracce. Nel teatro della mia vita, tu puoi al massimo pretendere di essere la prima comparsa; ma il protagonista, e il regista, sono io.

Vedi come ti devi mettere in riga. Non è proprio il caso che continui così.

Te l'ho raccomandato, te l'ho ripetuto varie volte. Ma tu fai finta di non sentire. E all'improvviso, anche nelle situazioni meno opportune, ti gonfi e ti allunghi, diventi duro da far paura.

Stamattina l'hai fatta proprio grossa. Nell'aula dove facciamo esercitazioni di Geometria Proiettiva, la professoressa Notarbartolo mi ha chiamato alla lavagna a continuare un esercizio. Lei, bisogna dirlo, è giovane e carina, ma niente di straordinario. Quindi sono riuscito a concentrarmi sull'esercizio. Senonché, all'improvviso, alla professoressa è caduto di mano il gesso. Volevo raccoglierlo io, un gesto dovuto, ma lei si era già curvata e mi sono trovato il suo fondoschiena a pochi centimetri dalla faccia.

Il disastro è avvenuto in pochi istanti. Ho avuto un'erezione così forte che un bottone dei pantaloni è schizzato via. E a quel punto, mentre la professoressa era imbarazzata ma anche compiaciuta, dai banchi i colleghi, maschi e femmine, si sono scatenati in fragorose interminabili risate di scherno.

E così ho preso la mia decisione: visto che non ho il coraggio di castrarmi (accidenti, è doloroso e irreversibile), mi imbottirò di bromuro. Così potrai riposare, caro amico, ed io finalmente godere di una tregua.

Divergenze al bar

Entra nel bar Chiarugi un tipetto maturo, spettinato, trafelato, di gran corsa. Sembra debba inciampare da un momento all'altro. Tutti si girano, curiosi e un poco irritati. La cameriera al bancone, Anna, si dà un contegno e fa la domanda di rito: "Cosa desidera, signore?" Lui, Matteo Merola, praticante giornalista al quotidiano "Il Tirreno", sbatte malamente il muso contro il bancone e, toccandosi le labbra, sussurra: "Non ancora... prima devo darvi la notizia..."

"Quale notizia? Or ora abbiamo sentito il telegiornale... cos'altro è successo mai?" grida un signore panciuto in panciotto elegante - deve essere un commerciante all'ingrosso - mentre posa la tazza del caffè.

Matteo Merola cerca di scandire bene le parole ma la voce gli trema dall'emozione: "E' morto Gioacchino Del Monte..."

Un tipo dall'aria menefreghista trangugia l'ultimo sorso del cappuccino e interrompe: "E chi è questo Giovannino che viene dal monte?"

"No. Gioacchino Del Monte" corregge piccato il Merola "il famoso industriale delle scarpe, quello che le vendeva in tutto il mondo, ai benestanti però..."

"E come è morto?" chiede con tono addolorato un vecchietto che dall'aspetto misero deve essere uno che tira avanti a stento "Io ne avevo sentito parlare, mi pare non avesse ancora sessant'anni..."

"E sì" fa il Merola "aveva cinquantotto anni... ma il fatto è che sembra si sia suicidato, sparandosi alla testa."

Ed ecco che scatta, posando il suo cornetto al cioccolato, Norberto Renzi, un signore barbuto con l'aria del barone universitario. Dice con fare professorale al Merola: "Ma lei mi sa dire dove è stata rinvenuta la pistola? Questo è un dato fondamentale, è d'accordo?"

"Sì che sono d'accordo" sibila intimidito il Merola "La pistola era nella mano destra. Tutto qui."

"Tutto qui un bel niente, mio caro Merola" corregge il Renzi "si dà il caso che io ero amico del Cavaliere del Lavoro Gioacchino Del Monte. E posso assicurarle, senza ombra di dubbio, che lui era mancino. Le pare plausibile che un mancino si spari con la pistola nella mano destra?"

"No, ma dove vuole andare a parare?" domanda il Merola.

Al che interviene Umberto Taormina, un vecchietto dagli occhi a fessura, che potrebbe essere un avvocaticchio: "Eh, è ovvio dove si va a parare, necessariamente: non si tratta di suicidio, ma di omicidio!"

Una ragazza elegante protesta, con voce lamentosa, contro l'amaro destino mostrando a tutti le sue scarpe: "Queste sono scarpe fatte da lui, scarpe Del Monte. Mi sono costate una cifra, ma vedete che meraviglia? Come si può uccidere un genio come lui?"

Giovannino Mostarda, giovane spudoratamente cinico, subito suggerisce: "È chiaro, un artigiano così, bravissimo e ricchissimo, suscita invidia. E gli invidiosi talvolta diventano assassini. Elementare."

Il bar sembra diventato il salotto di un talk show. Nessuno bada più alla bibita o al pezzo dolce che stava consumando.

Adesso spunta Maria Incoronato, che ha l'aria di casalinga cattolica e zitella pettegola. Lei insinua: "Ma quale invidia! Io so come viveva il Del Monte quando non faceva le scarpe..." fa una pausa a effetto, e riprende con un sorrisetto torbido: "Io li vedo i documentari in tv, tutti. E in uno hanno fatto capire, senza dirlo apertamente, ma si capiva lo stesso, che lui era un inguaribile donnaiolo. Si vede che ha pestato i piedi a qualche marito o fidanzato."

Il Merola è proprio irritato: si sente scavalcato, mentre il giornalista fino a prova contraria è lui e ne deve pur sapere più degli altri: "Signori, state a sentirmi un momento. Dalla mia indagine risulta tutt'altro: Gioacchino Del Monte era gay. Tutte quelle donne di cui si circondava erano solamente una copertura, per non perdere gli acquirenti benpensanti. Tanto è vero che era gay, che creava dei modelli di scarpe, ad personam, per i suoi amichetti..."

"E allora ci dica, caro signor Merola" fa una signora con le sopracciglia alzate, il tipo della bastian contraria "Come sarebbe fatta una scarpa per quei pervertiti?"

"Egregia signora" ribatte il Merola "io le ho viste quelle scarpe: sono pubblicate sul sito di Gioacchino Del Monte. Ebbene, sono graziose, ricche di decorazioni, frange, colori pastello... insomma si vede subito che non sono virili."

Intanto è entrato nel bar un nuovo avventore. Un giovanotto vestito casual, ma casual raffinato, con l'aria del presuntuoso che tutto pretende di sapere. Si rivolge a Matteo Merola e a Maria Incoronato, e sputa la sua sentenza: "Vedete signori, ognuno di voi dice solo metà della verità: uno sostiene che Del Monte era gay, l'altra che era un donnaiolo. Ebbene, potete credermi, io ho amici nel mondo dello spettacolo, dove si sa tutto: così ho saputo di una signora piacente, di cui ovviamente non farò il nome, che è andata a letto con il Del Monte, ma anche di un giovanotto palestrato che ha fatto la stessa cosa... E allora? Semplice: il nostro eroe non era né gay né donnaiolo. Era bisessuale. Gli piacevano sia le donne che gli uomini. In una stessa giornata, pensate un po', era capace di andare a letto sia con un uomo che con una donna. In sequenza, o allo stesso momento. A tutti, a tutte, regalava le scarpe più belle che aveva disegnato."

"Scusate" chiede la ragazza elegante "ma questo dove lo trovava il tempo per disegnare le scarpe, se teneva questa attività sessuale così intensa, così frenetica, e pure stancante... dove trovava allora il tempo, la forza, la concentrazione?"

"Vede, giovanotto" interloquisce ormai irritato Matteo Merola "a me, che sono un giornalista, e so come ci si documenta – certamente non con il gossip - risulta senza ombra di dubbio che il Del Monte era gay. Ed era moderato nella sua attività sessuale. Altrimenti, come ha osservato giustamente la ragazza qui, come avrebbe avuto il tempo, la forza e la concentrazione per creare quelle scarpe favolose che l'hanno reso famoso e ricco?"

Il giovanotto presuntuoso non si scompone, e contrattacca: "Ma caro il mio giornalista, signor Merola se non sbaglio, lei certamente è un uomo che conosce il mondo, e sa che noi maschi non siamo tutti eguali. Non siamo eguali, fra l'altro, nell'ambito sessuale. Ci sono i maschi poco virili, poco resistenti – magari lei appartiene a questa categoria – e ci sono uomini veramente virili, capaci di avere più amplessi al giorno, e rimanere lucidi, capaci di dedicarsi al loro lavoro, magari dormendo poche ore. Le risulta, vero? Ebbene il Del Monte, come ho appreso, ripeto, da amici affidabili del mondo dello spettacolo, era un vero stallone, un individuo instancabile, con il corpo e con la mente. Un individuo eccezionale, e perciò lo piangiamo amaramente."

"Ma giovinotto bello" interviene la signora bastian contraria "voi dite solo fesserie. L'avete vista almeno una foto di Gioacchino Del Monte? Mi sa che non ne avete mai vista una: quello era piccolo, gracile, storto, una faccia patita che mi meraviglio non sia morto anche prima. E forse, sapete che vi dico?, era talmente cagionevole di salute che negli ultimi anni le scarpe non le disegnava più lui, ma qualche suo brillante allievo. Lui se ne stava a letto, e non per fare sesso. Lo strumento di sicuro non gli funzionava più. Ecco, l'ho detto!"

Intanto il giornalista Merola s'è fatto paonazzo, sprizza rabbia da tutti i pori. All'improvviso sbotta: "Signora, ora devo assolutamente parlare io. Devo rispondere a questo giovanotto... Lei, non so chi sia e cosa faccia nella vita, ma sicuramente lei è uno screanzato e un calunniatore: come si è permesso di insinuare che io apparterrei alla categoria degli uomini poco virili? La gente non lo sa – è cosa che non vado sbandierando – ma io in gioventù sono stato un gigolò, un apprezzatissimo gigolò. Le signore che mi incontravano, restavano sempre soddisfatte, molto soddisfatte. Piuttosto, mi sa che lei sia un tipo impotente e invidioso. E cerchi di coprire a parole la sua vergogna. Ancora così giovane, e già così inguaiato. Insomma non le resta che farsi le seghe, vero?! O pigliarselo in c..."

A questo punto, il parapiglia. Il giovanotto casual si scaglia furioso addosso al Merola. Un giovane nel fiore degli anni contro un uomo maturo, non palestrato. Come in un riflesso condizionato, tutti si buttano, da incoscienti, nella mischia. Per dividere i due, per difendere Merola già soccombente. È una mischia disordinata, convulsa, senza regole, con colpi bassi e maligni (dei rugbisti ne resterebbero inorriditi).

Ora sono finiti tutti a terra. Chi malconcio. Chi imprecando contro il Del Monte. Chi condannando la litigiosità degli italiani. Chi giurando che non verrà più in questo bar. Chi insistendo con la propria tesi. Chi verificando i danni ai suoi vestiti. Chi affrettandosi a pagare per scappare via.

Anna, la barista, è disperata? Non proprio: è stata istruita per incassare e reagire. Trovare sempre, a tutti i costi, una soluzione adeguata. Si schiarisce la voce e chiede con voce energica e allettante: "I signori gradiscono una camomilla?".

Un lungo sguardo all'indietro

Ho ottant'anni. Sento che sto per morire. Sembrava che tutto funzionasse bene dentro il mio corpo, nonostante l'età. Solo un'ovvia stanchezza. Invece, all'improvviso, ecco la diagnosi di un tumore al pancreas. Silente a lungo, ormai a uno stadio avanzato, con dolori persistenti difficili da attenuare. Inutile l'operazione.

Steso nel letto, chiudo gli occhi. E mi succede quello che tante volte avevo sentito dire: che in punto di morte tutta la vita viene ripercorsa, negli episodi chiave, come in un cortometraggio denso e rapido.

Mi vedo nella culla. Piango disperato e tendo le manine in alto per essere tirato fuori e abbracciato. Mamma e papà accorrono, preoccupati e premurosi, e fanno a gara a chi mi deve prendere. Mentre loro quasi bisticciano e perdono tempo, io piango di un pianto ancora più forsennato. Non voglio essere abbracciato solo dalla mamma o solo dal papà: voglio ritrovarmi avvolto fra le loro quattro braccia, una morsa affettuosa e protettiva che subito placa il mio pianto.

Adesso ho sei anni. Sono un bel bambino dai tratti fini e gentili. Anche se non sono una bambina, mi piacciono anche le bambole e per questo spesso bisticcio con Clara, la mia sorellina. Anche se mia mamma non vuole, scendo ogni tanto in cortile dove si riuniscono e giocano bambini e bambine del vicinato. Eccoli in un angolo quasi buio, fuori dal controllo visivo degli adulti, lì si gioca al 'dottore': i maschietti fingono di essere dottori e, con la scusa di visitare le bambine, le toccano dappertutto. Io a questo gioco non ho voglia di partecipare. Ma non so bene perché.

Eccomi, a dieci anni, alla scuola media. Sono il più bravo della classe. Molti, ragazzini e ragazzine, mi chiedono di essere aiutati per il compito in classe o con qualche opportuno suggerimento durante l'interrogazione. Io aiuto tutti se posso, ma mi piace soprattutto aiutare Luigi, che ho scelto come compagno di banco: con il suo sguardo di topolino timoroso che chiede protezione, mi fa tenerezza e mi viene l'impulso di carezzarlo. L'altro giorno Sofia, una davvero carina, la più disinvolta e sfrontata, pensa di ringraziarmi per il compito che le ho corretto: mi dà all'improvviso un bacio. Proprio sulla bocca. Strano ma non mi piace molto. I ragazzini mi guardano con invidia - ho avuto un bacio, addirittura sulla bocca, dalla bella Sofia – ma Luigi fa eccezione: lui non esprime invidia. Mi guarda come se volesse attirare la mia attenzione, è contrariato. E non capisco perché.

Adesso siamo ai miei sedici anni. Di ritorno da scuola trovo mio padre che mi viene incontro e mi mette una mano affettuosa sulla spalla. La sua espressione è complice, ammiccante, di chi chiede una confidenza che non si può negare. Fa un sorriso incoraggiante e comincia: "Allora, Carlo, quando ce la presenti la tua fidanzatina? Io sono certo che ce l'hai, voi giovani di oggi cominciate molto presto, anche a dodici-tredici anni. E poi tu sei figlio mio, il sangue non mente... Sappi che la puoi portare qui a casa, a me e a mamma farebbe proprio piacere conoscerla... A meno che lei sia così timida da temere questo incontro. Ma tu le puoi assicurare che noi siamo molto aperti, e non siamo i tipi invadenti che fanno mille domande inopportune, sappiamo mettere a suo agio qualsiasi ospite. Insomma, noi l'accoglieremo a braccia aperte. Ok?" Mentre papà parla così, non so come dirgli che la fidanzata non ce l'ho, che le ragazze mi spaventano più di attrarmi, che quando qualcuna si è mossa per farmi la corte, io ho trovato mille scuse e mi sono tirato indietro. Una volta, che gli amici mi incitavano a buttarmi con una certa Jessica perché si vedeva che le piacevo, mi sono inventato che non era il mio tipo. Ho salutato tutti e sono andato a casa di Luigi. Siamo rimasti amici dal tempo della scuola media. Amici adesso anche più di allora.

Io e Luigi non abbiamo fatto l'università. Con grande delusione delle nostre famiglie e soprattutto di mio padre che è docente di storia. Dopo vari tentennamenti e ripensamenti, ho scoperto che potrei riuscire bene come parrucchiere. E sto frequentando un corso apposito. Luigi, forse con minore talento, ha scelto però di seguire la stessa strada: ci tiene, e ci teniamo entrambi, a rimanere insieme, a non perderci per le strade della vita. C'è fra noi qualcosa di più dell'amicizia, qualcosa a cui non osiamo dare il suo nome.

E' passato qualche anno. Con grandi sacrifici, facendo i più disparati lavoretti per mettere da parte una discreta somma, e contraendo un pesante mutuo, riusciamo ad aprire un salone unisex. E ormai non possiamo più mentire a noi stessi: noi siamo gay. E perciò ci tocca avere paura, stare attenti – prima di tutto con i clienti del salone – a nascondere la nostra omosessualità. Si dice spesso che non è più come un tempo, che ormai c'è tolleranza verso gli omosessuali, ma non è vero. Viviamo in un ambente ostile e perfino spietato, sono sempre molte e terribili le aggressioni omofobe.

Mia madre ha capito, anche da parecchio tempo, la mia natura. Ma non mi dice niente, non mi condanna, magari mi sorride con un velo di tristezza. Tanto meno introduce l'argomento con mio padre: lui i gay non li sopporta, non riesce a concepirli come individui sani, pensa che sono soltanto mentalmente malati, affetti da una malattia ripugnante.

Devono passare ancora dei mesi perché mio padre capisca che un omosessuale ce l'ha proprio in famiglia. Alla prima occasione in cui ci incontriamo, subito mi aggredisce. Mi scuote, mi spinge contro un muro, mi porta le mani robuste al collo. Prima che io possa dire una parola, mi grida adirato: "Ma non ti metti vergogna? Tu così disonori la famiglia, e sputtani anche me che ho fama di macho: la gente si chiederà "Ma come ha fatto a fare un figlio così, un frocio, proprio un frocio?"... Oh povero me! Perché doveva capitare proprio a me una disgrazia così grande, cosa ho fatto mai tanto di male per meritarmela?" Mi toglie le mani dal collo, abbassa sconfortato le braccia e, prima che si allontani molto lentamente, gli sorprendo sul viso qualche lacrima silenziosa. Anche se mi ha aggredito, non ho risentimento. E non provo a parlargli perché so che non potrei fargli accettare la mia realtà, non potrei fargli cambiare idea.

Finalmente abbiamo preso coraggio. Io e Luigi andiamo via da casa, a vivere in un miniappartamento. Non ci importa che sia molto modesto, piccolo e bisognoso di rinnovo: è lì che io e Luigi ci sentiamo protetti, e ci possiamo amare, con estenuante tenerezza o con fulminea violenza. Luigi, il topolino timoroso, trova in me un gatto complice. Il nostro godimento è pieno, immemore di tutto.

Per sostenere la pressione moralistica del mondo, per sfuggire alle chiacchiere malevole, decidiamo che abbiamo bisogno di una 'copertura': accompagnarci ognuno ad una donna, che sia a sua volta lesbica, con il problema analogo al nostro. Cominciamo a frequentare locali lesbo. Dopo qualche diffidenza e sarcasmo ("Cosa credete di combinare, maschietti? Qui siamo tutte lesbiche!"), riusciamo a spiegare la nostra inclinazione sessuale e il nostro intento. Un patto che sarà utile anche a loro. Troviamo l'accordo, infine, io con una virago di nome Barbara, Luigi con una punk di nome Alessia. Dopo aver recitato per strada diligentemente la parte degli eterosessuali, appena arriviamo a casa le due non badano alla triste modestia dell'alloggio. Subito con disinvoltura si spogliano, si gettano sul letto e si avvinghiano in un perfetto 69 che sembra interminabile. Io e Luigi ci eccitiamo e, in piedi di fronte a loro, ci masturbiamo a vicenda.

In visita ai miei genitori ci vado ormai raramente. E' passato molto tempo dall'ultima volta. Ci vado per mia madre. Mio padre non mi vuole nemmeno vedere, nemmeno per aggredirmi, mortificarmi, umiliarmi. Appena io entro lui se ne esce, con ostentazione. Questa volta trovo a casa anche mia sorella Clara con i suoi due bambini. Vedo la gioia e la festosità con cui mia madre li accoglie, figlia e nipotini. A me, che guardo la scena con distacco e amarezza, rivolge un'occhiata in cui leggo imbarazzo, come se volesse dirmi, ma non me lo dice: "Vedi come è bello trovarsi una ragazza, sposarsi e avere dei figli?" Con una scusa vado via presto.

Nascondersi sempre, fingere, camuffarsi – anche se Barbara e Alessia sono brave e collaborative – è uno stress che logora. Io e Luigi non ce la facciamo più, abbiamo deciso di infischiarcene degli eterosessuali benpensanti, di avere più rispetto per noi stessi. Essere gay deve essere un'opportunità, non un handicap. E così decidiamo finalmente di uscire allo scoperto. La parata del Gay Pride è pochi giorni dopo e noi ci partecipiamo. Ma con vestiti normali, quotidiani; siamo disgustati dall'esibizionismo sfrontato e pacchiano della maggior parte dei partecipanti. La nostra rivendicazione va mormorata con gusto, non gridata con volgarità.

Fra me e Luigi sono passati molti anni di sintonia, affiatamento, cieca fiducia. Un giorno però mi capita di ascoltarlo mentre al cellulare parla con voce bassa e dolce. Lo incalzo, lo richiamo al nostro giuramento, non nasconderci niente tra noi.

Lui tace, cerca di prendere tempo, di improvvisare una bugia credibile. Ma poi lui stesso ammette che mi tradisce: è capitato qualche settimana fa, ha incontrato Valentino, un giovanotto che viene a farsi i capelli nel nostro salone, e si è innamorato di lui.

Io non voglio che Luigi mi lasci, cerco di tenerlo in qualche modo ancora legato a me. Gli incontri sessuali fra noi diventano rari, imbarazzanti, con un fondo di colpa sua e di pretesa di possesso mia.

Finché arriviamo un giorno a un chiarimento spietato ("Vai con lui perché è giovane... io ormai sono troppo vecchio per te, è così?" "Sì, non posso darti torto, volevo carne giovane, e poi noi eravamo diventati troppo amici, l'amicizia toglie forza al sesso..."). Ci siamo lasciati definitivamente con queste poche cattiverie, che forse non volevamo dire perché erano abbastanza false, ma le abbiamo dette. Il salone l'abbiamo dovuto vendere. Dopo qualche mese ho aperto una scuola per aspiranti parrucchieri.

Ci ho messo molti mesi per decidermi a farlo, come se fossi io il traditore e non Luigi: ho cercato un nuovo partner. L'ho trovato al Gay Pride. Ermanno, vestito come me con misura e discrezione, piuttosto silenzioso, alquanto sbrigativo a letto, virile in una maniera che mi è sembrata subito alquanto meccanica, fredda, mai pienamente abbandonato agli amplessi. Non sono innamorato di lui, e certamente nemmeno lui di me. Non c'è fra noi niente della magia affettiva ed erotica che c'era fra me e Luigi. Infine capisco che Ermanno sta con me solo per sfruttarmi economicamente. Lo caccio malamente di casa. E ritorno solo.

Sto leggendo il giornale, come al solito ogni mattina: la politica, l'economia, la cultura, lo sport, e infine la cronaca nera. Non ci voglio credere, non è possibile, ma è così, sta scritto a caratteri grandi, inequivocabili: Luigi Cupiello, gay cinquantenne, è stato arrestato per omicidio volontario: ha strangolato il giovane gay Valentino Cangemi che voleva lasciarlo per un altro. Non perdo tempo, mi precipito da Luigi in prigione. Ci guardiamo con sgomento, con affetto, con disperazione. I nostri occhi subito lucidi. A stento tratteniamo le lacrime. Vorremmo toccarci, ne abbiamo tanta voglia. Ma c'è un vetro fra noi. Io non riesco a tirare fuori altro che qualche parola scontata; Luigi ripete più volte, come se lo dicesse a se stesso più che a me: "Sono stato punito, sono stato punito..."

Voglio andare di nuovo a trovare Luigi in carcere (deve starci in tutto quindici anni, e questo perché ha usufruito di attenuanti, altrimenti...). So che sarà un incontro doloroso, emozione e commozione prepotenti. Ma non posso farne a meno, Luigi mi manca, mi manca troppo. Cerchiamo di comunicare, ma le parole, le parole giuste, sincere e opportune, stentano a uscire dalle nostre bocche invano dischiuse. Presto un silenzio prepotente ci avvolge, ci stritola. Ci lasciamo con un saluto flebile, con rabbiosa amarezza.

E' passato qualche anno. Solitudine grigia per me. Ma qualcosa di terribile sta per colpirmi. E' di nuovo il giornale a farsi messaggero di tragedia: Luigi si è suicidato in carcere impiccandosi. Mi bevo molti whiskey; voglio stordirmi, crollare addormentato e impedirmi di pensare. Invece mi risveglio dal torpore crescente e so che voglio vedere Luigi un'ultima volta all'obitorio, prima che sia seppellito. Il guardiano mi chiede se sono un parente, ché solo ai parenti è consentito quello che chiedo. "Sono un amico." E aggiungo con tono significativo: "Sono più che un parente." Lui mi scruta per un istante frenando un sorrisetto malevolo che vuol dire che ha capito, ma comunque non basta. Anche io, a mia volta, ho capito: ci vuole una lauta mancia. All'interno dell'obitorio fa fresco, un fresco ostile che mi dà un'altra stretta al cuore. Nel giaciglio, tirato fuori come un cassetto, Luigi sta rigido, legnoso, rinsecchito, pallido, ma finalmente sereno. Mi sembra ancora una volta un animaletto, quel topolino timoroso, in cerca di protezione, che conobbi alla scuola media.

Sono diventato pigro, lento, svogliato. Eppure potrei continuare a insegnare nella scuola per parrucchieri, tanto più che i praticanti sono diminuiti. Ma alla fine decido di affidare la direzione a Sergio, un mio ex allievo molto bravo e affidabile. Io mi rintano in casa, smarrito e abulico. Poi però mi costringo a reagire. E mi viene una bella idea: da una foto di me e Luigi, poco più che trentenni, sorridenti mentre ci abbracciamo, ricavo una gigantografia. La appendo nella camera da letto. La guardo spesso per rasserenarmi e confortarmi, soprattutto ogni volta che una difficoltà o una delusione mi turbano.

Sono ormai più che sessantenne. Mi sembra ridicolo, patetico che io continui a cercare un partner. E rinuncio definitivamente. In compenso riempio le mura di casa con foto di vip gay, di differente talento, mestiere e statura culturale, ma accomunati dalla scelta sessuale: Alan Turing, Nichi Vendola, Aldo Busi, Leo Gullotta, Alessandro Cecchi Paone, Domenico Dolce e Stefano Gabbana, Alfonso Signorini, Platinette, Cristiano Malgioglio, Tiziano Ferro, Ivan Cattaneo, Alfonso Pecoraro Scanio, Paolo Poli, Luchino Visconti, Pier Paolo Pasolini, Marcel Proust, Jack Kerouac, Charles Bukowski, Freddy Mercury, Miguel Bosé, Boy George, Ricky Martin, George Michael, Rupert Everett, Elton John... per citarne alcuni. Tutti compagni miei involontari e ignari, mi fanno sentire meno solo e vulnerabile. Condividiamo una *diversità* che in tanti non ci pesa.

Alla soglia dei settanta anni scopro di poter essere pittore: in fondo non è per me più difficile che essere parrucchiere. Anzi. All'inizio dipingo un unico soggetto, Luigi naturalmente. Luigi da ragazzo a scuola, Luigi giovanotto nel nostro salone, Luigi nel nostro appartamento, Luigi che mi confessa l'amore per Valentino, Luigi dietro le sbarre della cella, Luigi morto suicida. Sono quadri enormi, con molti dettagli, anche conturbanti. Riesco a convincere un gallerista gay a ospitare una mostra dei miei quadri. Fra i visitatori ci sono le contestazioni degli eterosessuali benpensanti, ma anche l'entusiasmo e il plauso degli omosessuali. Dopo anni in cui ho dipinto solo Luigi, passo ai vip gay delle cui foto ho tappezzato le pareti. Così me li sento ancora più vicini, più in sintonia con me attraverso la mia interpretazione figurativa. Sono anni di grande impegno e fatica.

Ormai vado verso gli ottanta anni. Non ce la faccio più a dipingere: subito mi stanco, e poi le mani mi tremano in un inizio di Parkinson. Penso a una seconda e ultima mostra, sugello e bilancio di tutto ciò che precede il prossimo congedo dalla vita. La mostra, composta di quadri non realistici bensì fantasticamente osèe, viene più contestata che ammirata. Capisco che i tempi non sono ancora maturi per la piena accettazione di noi omosessuali, nemmeno attraverso il veicolo dell'arte.

Ecco, il lungo sguardo all'indietro finisce qui. Mentre i dolori non smettono di tormentarmi, non apro gli occhi che fra poco non potrò più aprire. Nel buio vedo Luigi che mi aspetta. Che mi apre ancora una volta le braccia.

E mai mi stanco

Ho fatto una carriera fulminante. Ho cominciato un anno fa come portiere di un palazzotto scalcinato abitato da medioborghesi ridottisi a piccoloborghesi. Qualche sparuta mancia, qualche sorriso imbarazzato e malinconico, lavoretti umili eseguiti a regola d'arte, le pretese assurde di qualche inquilino arrogante, una bella ragazza che nemmeno mi salutava. Una vitaccia insomma.

Però nel quartiere si è sparsa la voce che ero bravo, affidabile, puntuale, sempre pronto a intervenire, mai invadente o pettegolo. Due mesi dopo, un giorno l'amministratore di un palazzone elegante è venuto a trovarmi e mi ha detto che ero sprecato in quello squallido palazzotto: come portiere del suo palazzone avrei avuto un ambiente rispondente alla mia statura professionale, e avrei anche guadagnato molto di più. Accettai subito. E pensai che avevo ormai raggiunto il limite delle mie possibilità. Ma mi sbagliavo.

La mia fama correva veloce di bocca in bocca. Passarono soltanto altri tre mesi, e mi si presentò, elegante, solenne e tutta ingioiellata, un'anziana signora che mi sembrava una nobildonna. Infatti lo era: Donna Maria Gabriella de Miccolis e de Cajanis. "Senta, signor Stellone (io mi chiamo Silvestro Stellone)" cominciò lei disinvolta "ora che la vedo da vicino, penso che lei può fare proprio al mio caso. Abito in una villetta liberty che immancabilmente attira le attenzioni e gli appetiti malevoli di ficcanaso e delinquenti. Ho invero un portiere ma, anziano com'è, non è in grado di assicurarmi quella protezione anche fisica di cui ho assoluto bisogno. Vedo che lei ha un bel personale, da giovane palestrato: potrebbe quindi svolgere benissimo il doppio ruolo di portiere e di guardia alla mia villetta. Naturalmente le verrebbe corrisposto uno stipendio adeguato, appunto doppio. Cosa ne dice della mia proposta?" Accettai immediatamente. E questa volta pensai che avevo davvero raggiunto il limite delle mie possibilità. Ma, ancora una volta, mi sbagliavo.

Nella mia vita sono sempre stato molto fortunato. La nobildonna non mi aveva detto di essere stata, fino a una decina d'anni prima, un'attrice di teatro e di cinema. Un giorno, dopo circa altri tre mesi, venne a trovarla e omaggiarla un importante produttore di Cinecittà. Mi vide, e mi guardò come incantato. Poi, rompendo gli indugi, mi chiese se ero interessato a fare la comparsa e qualche cammeo in alcuni film, nonché la guardia del corpo, a turno, di ognuna di un nutrito gruppo di attricette emergenti. Se non avessi avuto sin da piccolo una sfrenata passione per il cinema, non avrei certamente accettato. Nella villetta della nobildonna ci stavo molto bene. Ma la nuova esperienza e avventura che mi veniva offerta, anche se non comportava un maggior guadagno, era troppo allettante per rifiutarla. Accettai di corsa. E questa volta pensai che, senza alcun dubbio, avevo raggiunto il limite delle mie possibilità. Ma, perbacco, ancora una volta mi sbagliavo.

La mia vita a Cinecittà era frenetica e ricca di appetitose occasioni. Saltavo da un set all'altro, imparavo con fatica, ma con la giusta concentrazione, le particine dei miei cammei, recitavo con mille paure, però poi mi buttavo e venivo incoraggiato e perfino lodato dai registi. Ma i bocconcini più gustosi erano le attricette a cui dovevo fare da guardia del corpo: molte di loro intendevano la cosa nel senso di occuparmi del loro corpo anche in orizzontale. Su un letto o su una scrivania o proprio sul nudo pavimento.

Cosa avevo io di tanto attraente? Chissà. Ma queste piacevolissime distrazioni non inficiavano il mio compito ufficiale. In questo campo avevo fatto molti passi avanti, mi ero specializzato. E la mia fama correva adesso per tutta Cinecittà. C'è bisogno che dica che pensavo di aver raggiunto il limite delle mie possibilità e invece mi sbagliavo, come al solito?

La sera, come si può facilmente capire, ero stanco. Anzi, proprio stracco. Stavo nella mia stanzetta coricato sul letto, pronto a farmi fagocitare da un sonno ristoratore. Qualcuno bussò con energia alla porta: era un uomo anziano, distinto e autorevole. "Mi scusi, signor Stellone, per l'ora tarda" esordì con accento americano "ma avevo urgenza di parlarle. Mi presento innanzi tutto, sono Jonathan Smith, press agent di Scarlett Drake..." Ebbi un sobbalzo, scattai giù dal letto: Scarlett Drake, nientemeno, la grande giovane attrice statunitense! "La Drake" continuò lui imperterrito "ha bisogno di una nuova guardia del corpo, perché quella attuale ha interpretato il ruolo in maniera, diciamo, troppo intima, e lei questo non lo vuole: lei, come ormai si sa, lo posso dire, preferisce le donne..." Pensai alle mie avventure con le attricette, e che anche io non ero la guardia del corpo adatta. Ma, pur di avere l'onore e il privilegio di stare accanto a Scarlett Drake, ebbi fulminea una bella idea. Fingermi effeminato, senza esagerare però. Vidi un sorriso aprirsi sul volto del press agent. La cosa era dunque fatta. Avevo il cuore in brodo di giuggiole.

Scarlett aveva più o meno la mia età. Sotto i trenta. Tonda, morbida, flessibile, di un rosa chiaro nella carnagione, non era molto alta ma perfettamente proporzionata. Dalle movenze feline, procedeva come una dea, ma una dea che non si compiace della sua natura. La mimica mobilissima del viso passava trionfante dal sorriso al corruccio, dall'ira alla paura, dal riso al pianto, dalla perplessità all'illuminazione, dall'ingenuità alla scaltrezza, dalla bontà alla malignità. Sapeva essere desiderabile, sempre senza volgarità, goffaggine, cadute di stile. All'inizio avevo sentito l'impulso di farmi avanti, di tentare una disperata *avance*, ma avevo presto rinunciato: ci tenevo a non rovinare tutto, a rimanerle accanto. Perciò continuavo, con misura, la mia commedia dell'effeminato. Scarlett mi aveva studiato a lungo, perplessa o forse perfino sospettosa; ma poi si era convinta che ero innocuo. E innocuo veramente diventavo io man mano che scoprivo la gioia dei soli sguardi: mi deliziava guardarla qualunque cosa facesse, si vestisse, si spogliasse, si lavasse, si sedesse, si coricasse, parlasse al telefono, mi chiamasse, mi congedasse, facesse le prove prima dello spettacolo, recitasse, ricevesse nel camerino i fans... Io stavo sempre lì, ombra fedele di tanta luce, forte della mia recita.

Dopo pochi giorni che lavoravo per lei, venne a trovarla una giovane amica, Lara Winehouse. La sua compagna. Non persero tempo, andarono subito a letto. Ma anche io subito avevo trovato il modo, inserendo una zeppa di carta, di non far chiudere bene la porta della stanza di Scarlett. Da lì già mi giungevano sommessi lamenti amorosi. E poi avevo imparato, con lunghi allenamenti, a muovermi senza fare il minimo rumore: avanzai verso la stanza, aprii la porta di quel poco che mi permetteva di vedere le due a letto. Loro erano talmente eccitate e impegnate nei loro strofinamenti e leccaggi che non si accorsero di me. Io mi scoprivo eccitatissimo: per un eterosessuale vedere due lesbiche che fanno sesso è piacevole. Ma lo spettacolo di quei due corpi teneramente avvinghiati, curve con curve che si inseguivano e intrecciavano, era incantevole. Qualcuno riderà di me se lo dico, ma lo dico lo stesso: guardare quelle due non era meno piacevole che trombarle. Anzi, in assenza del lato fisico, si raggiungeva un godimento più puro.

Sono passati mesi e mesi di questo paradiso inaspettato. Guardavo Scarlett mattina, pomeriggio, sera e notte (lei non se ne accorgeva, o così mi piaceva pensare). Era come un film no stop, dove io recitavo sempre lo stesso ruolo, il ruolo del guardone. Ma un guardone speciale, un guardone che non si abbassava a masturbarsi, che sapeva elevarsi alle altezze del bello. Gli spettatori vedevano Scarlett recitare, Lara ci faceva l'amore, io semplicemente la guardavo. Questa volta sentivo, ne ero sicuro, che avevo raggiunto il limite, il culmine delle mie possibilità. E invece, come al solito, mi sbagliavo.

Un giorno la svolta traumatica. Jonathan Smith viene a trovarmi, sorriso smagliante e voce emozionata. Prorompe a dirmi: "Signor Stellone, una bella notizia per lei: il grande regista Bill Gaynor vuole offrirle una parte da protagonista nei suoi film..." Io quasi balbetto: "Una parte importante... ma che parte?" Lui mi squadra con un sorrisetto ammiccante, e con voce carezzevole mi dice: "Vede, qua a Cinecittà le voci corrono rapide di bocca in bocca. Tutti ormai sanno che lei è la guardia del corpo perfetta per Scarlett, che non rischia di essere licenziato come quello di prima, quel maschiaccio impertinente che si è permesso... E poi la sua bella presenza, le sue movenze che interpretano con la giusta misura la sua scelta sessuale... insomma ne fanno il soggetto ideale per i film gay di Bill Gaynor..."

Mi viene la voglia di interromperlo subito e di chiarire che io fingo di essere gay ma invece tutto il contrario. Poi però mi rendo conto che così perderei il posto di guardia del corpo di Scarlett, e questo assolutamente non lo voglio. Mi affretto a cercare una via d'uscita: "Scusi, signor Smith, io non ho mai fatto l'attore. Se rifiutassi...?"

La faccia di Jonathan Smith cambia immediatamente espressione. Delusione ma anche imbarazzo per la risposta. Infatti resta in silenzio alcuni secondi, che a me sembrano minuti: "Vede, signor Stellone, Cinecittà ha una sua logica e un suo regolamento. Quelli che entrano a lavorarci si dividono in due categorie: quelli che avranno sempre le stesse mansioni, e quelli che sono destinati alla scalata, a nuovi emozionanti impegni. Lei appartiene, a giudizio di tutti noi, press agent, registi, produttori, alla seconda categoria. Lei deve accettare e andare più in alto. Se rifiuta, dovrà andare via da Cinecittà. *Dura lex sed lex*, come dicevano gli antichi Romani." Mi domando se in questi film gay dovrò essere 'attivo' o 'passivo': una bella differenza. Ma non è questo il fatto più importante. Io non voglio perdere Scarlett. E allora accetto.

Non starò qui a descrivere cosa comporta il mio ruolo in questi film. E cosa mi tocca provare. Sono cose che preferisco tacere. Ma continuo impavido nella mia vita di attore gay pur di mantenere il posto di guardia del corpo di Scarlett. Vivo l'inferno e il paradiso. E mai mi stanco.

I miei coccodrilli

Mi presento: sono Giuseppe Gatti, giornalista del quotidiano *Il Gazzettino del Sud*. Nella mia autostima sono sempre stato ondivago. Senza giungere alla patologia della sindrome bipolare (euforia-depressione), ho sempre avuto bisogno di conferme o smentite dagli altri. Più precisamente, da quelli che stimo e credo capaci, valutandomi con soggettività diverse dalla mia, di restituirmi una coralità che bilanci il mio tentennante egocentrismo.

Ho saputo da poco che ho un tumore alla prostata. Ma scoperto nella fase iniziale. Un'operazione e via. Allora mi è venuta la brillante idea: nella nostra redazione c'è un gruppo di colleghi specializzati nei coccodrilli... ma non i coccodrilli intesi come tremendi rettili dai denti micidiali, bensì i coccodrilli giornalistici. Cioè i necrologi scritti in anticipo, sulla vita di personaggi noti, al fine di averli immediatamente pronti non appena giunga la notizia della loro morte.

Cosa ho fatto allora? Ho finto con i colleghi di avere un tumore maligno, con poche settimane ancora di vita, e ho chiesto loro di scrivere dei coccodrilli per me, anche se non sono un personaggio noto. L'ho chiesto come un omaggio per un bilancio definitivo, nel bene e nel male. E perciò non l'ho chiesto solo a quelli che sono grandi amici miei, ma anche a quelli indifferenti, e perfino a quelli che mi hanno contrastato sempre, mostrando antipatia. L'ho chiesto con la raccomandazione di essere assolutamente sinceri, senza esagerazioni nei lati positivi, senza censure in quelli negativi. Io poi proverò a fare una sintesi equilibrata.

I colleghi esperti in coccodrilli sono sette. Tre sono miei amici per la pelle: Claudio Fidanza, Paolo Landi e Sergio Sannino; due sono indifferenti, né amici né nemici: Fulvio Piccirillo e Filippo Caturano; due sono, se non proprio nemici, certo avversari e tirapiedi: Romano Nocchi e Cesare Quintavalle.

Claudio, Paolo e Sergio inizialmente non hanno proprio preso in considerazione l'invito a scrivere dei coccodrilli per me. Sgomenti e premurosi, si sono invece soffermati a chiedere più notizie sulla mia malattia, a sollecitare nuovi esami per smentire la diagnosi infausta, a sostenere che sono un uomo troppo forte e combattivo per arrendermi... Ho dovuto forzarmi per ribadire la bugia del tumore maligno con ancora poco per sopravvivere, e ho dovuto sudare le fatidiche sette camicie per convincerli a scrivere i coccodrilli. "Voi siete miei grandi amici, allora non esagerate in positivo, mi raccomando, siate quanto più imparziali potete. Ok?".

A Fulvio e Filippo ho detto che avevo bisogno di un loro giudizio misurato, e che avrei tenuto in gran conto i loro coccodrilli su di me. Loro sono rimasti sorpresi, ma anche lusingati per la chiara considerazione che io mostravo finalmente per la loro intelligenza e sensibilità.

A Romano e Cesare, infine, ho detto che nel mio procedere ondivago mi ero spesso sbilanciato dal lato di una eccessiva autostima, e che quindi avevo bisogno dei loro coccodrilli, certo più inclini a mostrare i miei lati negativi, il che mi serviva per morire con una equilibrata coscienza di me, con un valido bilancio della mia vita. Loro accettarono, sospettosi ma anche intrigati da questa nuova singolare prova.

I primi coccodrilli che ricevetti, furono quelli di Fulvio e Filippo, i colleghi né amici né nemici.

Quello di Fulvio diceva: "E' scomparso, a soli sessanta anni, Giuseppe Gatti, brillante giornalista de *Il Gazzettino del Sud*, vinto da un tumore inguaribile. Uomo riservato, educato, perfino timido, Giuseppe lascia la moglie e due figli. Il suo stile era stringato, la sua ambizione mai smodata; sapeva apprezzare il lavoro degli altri ma senza espliciti riconoscimenti. Si è anche esercitato, con la sua versatilità amatoriale, nel disegno e nella narrativa, pubblicando romanzi e racconti, senza grande successo. Si mormorava che lui, fedele al suo cognome, preferisse i felini agli esseri umani, ma di questo, vero o falso che fosse, egli non me ne parlò mai."

Quello di Filippo diceva: "Un male inguaribile ci ha strappato in poche settimane Giuseppe Gatti, nostro collega de *Il Gazzettino del Sud*, a soli sessanta anni, lasciando sgomenti la moglie e due figli. Giuseppe, talentuoso, precoce e presto esperto, era soprattutto un timido: non esternava quasi mai le sue valutazioni e i suoi sentimenti. Ai colleghi, validissimi anch'essi, riservava un consenso quasi muto, fuggevole e sommesso. La sua timidezza e il suo rifiuto degli intrighi non gli hanno consentito il successo anche nella narrativa, nella quale ha esercitato la sua versatilità. Oltre alla famiglia, Giuseppe era molto legato agli animali, ma soprattutto ai gatti (nomen omen, si direbbe) ai quali si favoleggia parlasse come ai cristiani. Ma sono voci di seconda mano."

Poi mi sono arrivati i coccodrilli degli avversari e tirapiedi, Romano e Cesare. Sono stati seri, fedeli alla loro pacata ostilità verso di me.

Romano ha scritto: "Giuseppe Gatti, nostro collega a *Il Gazzettino del Sud*, è morto a sessant'anni per un tumore alla prostata. Tipo ombroso, esageratamente riservato, sempre di poche parole, aveva difficoltà a inserirsi socialmente, perfino nell'ambito della redazione in cui avrebbe dovuto sentirsi accettato e protetto. La sua velleità di proporsi anche come narratore, lo portò a scrivere e pubblicare, con piccole case editrici, racconti di vario genere, ma sempre senza alcun riscontro di pubblico e di critica. Il Gatti poi ha sempre avuto una passione smodata per i gatti (ovvio, visto il cognome?), passione che negli ultimi tempi era diventata una singolare ossessione e che lo allontanava sempre più dai suoi simili: arrivava a parlare ai felini piuttosto che agli esseri umani!"

Il coccodrillo di Cesare diceva: "Il nostro collega Giuseppe Gatti è morto per un tumore alla prostata colpevolmente trascurato. Non era un compagnone, un animatore del gruppo, uno che fa amicizia: bisognava tirargli le parole dalla bocca con una specie di forcipe; non parlava mai della sua famiglia, dei suoi gusti, del suo orientamento politico. Il Gatti non era interessato alla vita dei suoi colleghi, e si limitava a leggerne, di tanto in tanto, i pezzi che avevano scritto, senza mai congratularsi apertamente. Tipo versatile, ma in senso velleitario, tentò anche la carriera di scrittore, ma con esiti disastrosi. Infine la sua incomprensibile passione per i gatti (ah già, il cognome!) lo aveva portato ultimamente a uscire proprio di testa, a parlare ai suoi amati felini e a sperare, o pretendere, che quelli gli rispondessero!"

Infine ricevei i coccodrilli dei miei grandi amici, Claudio, Paolo e Sergio.

Il coccodrillo di Claudio era: "Ci sono persone che non dovrebbero morire, tanto è il loro valore e il bene che sanno fare agli altri. Noi della redazione del quotidiano *Il Gazzettino del Sud* abbiamo conosciuto una persona così: Giuseppe Gatti, che un destino impietoso ci ha sottratto. Giornalista di grande talento e faticatore instancabile, individuo apparentemente egocentrico, e invece timido, riservato, di profonda umanità e benevola ironia, Giuseppe era sempre pronto ad aiutare chi fosse in difficoltà. I suoi interventi, orali o scritti, non erano mai banali, bensì capaci di affrontare ogni problema da un punto di vista inedito. Tentò anche la carriera dello scrittore, ma i suoi romanzi e racconti, che io ho avuto il privilegio di leggere, non ottennero il successo che pure meritavano. La sua religiosità - che non ostentava mai - lo portava a concepire e sentire profondamente il respiro globale della Natura, ad amare esseri umani, animali, piante, minerali alla stessa maniera. Ma la sua passione più forte erano i gatti, come se avesse dovuto corrispondere al suo cognome. Negli ultimi tempi circolava la voce, maligna e infondata, che egli amasse i suoi mici, una ventina, addirittura più dei suoi figli, Christian e Salvo. E che questa aberrazione si spingesse fino a tentare di imbastire dei dialoghi con i suoi gatti! Queste menzogne, che partorivano prese in giro micidiali, amareggiarono i suoi ultimi giorni, ma signorilmente Giuseppe non reagì mai."

Paolo mi ha scritto: "Qui, nella redazione de *Il Gazzettino del Sud*, c'è rabbia e sgomento per una morte crudele: a soli sessant'anni ci ha lasciato, per un male incurabile, Giuseppe Gatti, grande giornalista e fantastico amico. A sua moglie Veronica e ai figli Christian e Salvo, l'espressione del nostro vivissimo cordoglio. Giuseppe si è distinto in ogni aspetto fondamentale della vita. In famiglia per l'amore discreto e profondo; in redazione per l'attaccamento al lavoro e l'originalità dei suoi pezzi, al tempo stesso molto seri e ironici; nelle amicizie per la capacità di mettersi nei panni degli altri e di ascoltarli in silenzio. Non parlava molto e non era prolisso nello scrivere. Era stringato ed essenziale, secondo il precetto: non dire con molte parole quello che puoi dire con poche. Si cimentò anche nella narrativa, producendo romanzi e racconti che ho letto e apprezzato; ma non ebbe successo, forse il mondo dei lettori non era pronto. Religiosissimo, senza essere praticante, Giuseppe amava tutti gli esseri della Natura. In particolare gli animali e, più di tutti, i gatti. In casa era arrivato ad averne una ventina! Dobbiamo credere che negli ultimi tempi, uscito di testa, ai suoi mici ci parlava e addirittura si aspettava le risposte? Non lo so, non mi azzardo a dire sì o no: Giuseppe era una persona aperta che magari custodiva un segreto incredibile."

Il coccodrillo di Sergio, infine, diceva: "Quando muore un grande amico, un vuoto amaro si apre in noi. E' questo il caso della scomparsa di Giuseppe Gatti, brillante giornalista de Il *Gazzettino del Sud*, stroncato da un male incurabile a soli sessant'anni. Marito e padre modello, lascia affranti e sgomenti la moglie Veronica e i figli Christian e Salvo. Giuseppe era persona molto riservata, ma capace di aprirsi ai problemi degli altri con generoso slancio. Non era praticante in chiesa, eppure profondamente religioso, con un eccezionale senso della sacralità della vita, quella vita che avrebbe voluto eterna, e invece... I suoi straordinari pezzi giornalistici, animati da una sottile ironia, erano sempre originali, e finivano per conquistare il consenso perfino degli individui bersagliati. Meritava il successo anche come scrittore – scrisse romanzi e racconti notevoli – ma il mondo editoriale gli chiuse inspiegabilmente le porte. Ultimamente si era un po' chiuso in sé, forse per la malattia, ma sicuramente per i pettegolezzi e le prese in giro di cui era oggetto: circolava la voce che egli preferisse ormai parlare agli animali piuttosto che agli esseri umani: in particolare ai gatti, sua passione estrema sin dall'infanzia. Non credo che ciò sia vero. Ma è certo che Giuseppe aveva un tale bisogno di amare e comunicare che non poteva limitarsi al campo degli esseri umani. Anche i suoi gatti, non solo noi colleghi, patiranno la sua mancanza."

Ho ringraziato tutti e sette i colleghi, gli amici, gli indifferenti e gli avversari, per il dono prezioso che mi avevano fatto. Avevo chiesto loro i coccodrilli pensando di farne poi una sintesi, equilibrata e credibile, che mi consentisse di sottrarmi alla mia autostima ondivaga. Invece mi sono accorto che anche i tre più lusinghieri, quelli di Claudio, Paolo e Sergio, erano inadeguati, parziali. Io ero qualcosa di più e di diverso. A questo punto era necessario che il mio coccodrillo me lo scrivessi io.

Diceva così: "La morte è un'opportunità per stilare un profilo definitivo, un bilancio conclusivo della vita di un individuo. Così anche chi non è un personaggio noto, può meritare un coccodrillo. Giuseppe Gatti è morto a soli sessant'anni, lui che sognava di camparne cento, vinto da un male implacabile, un male che non guarda in faccia a nessuno, che colpisce alla cieca chiunque. Giuseppe lavorava come giornalista a *Il Gazzettino del Sud*, ed era stimato per la sua serietà professionale, per l'originalità dei suoi pezzi in cui coesistevano una tremenda severità e una divertita ironia. Individuo taciturno spesso e volentieri, apparentemente introverso ed egocentrico, era capace di sorprendere tutti con esternazioni diluviali, con partecipazioni accorate ai problemi degli altri, con espressioni creative rare ma impressionanti. Giuseppe, però, sognava di sfondare in un altro campo, quello della narrativa, e scriveva le sere e le notti, circondato dalla perplessità e contrarietà della famiglia, romanzi e racconti. Non possedendo l'arte della diplomazia, dell'intrigo e dell'inciucio, i suoi testi narrativi, pubblicati con case editrici minori, non ebbero alcun successo: un flop spaventoso che lo amareggiò molto, una ferita che non si sarebbe mai più rimarginata.

Giuseppe conteneva in sé enormi clamorose contraddizioni: era religiosissimo eppure erotomane, era pusillanime eppure pronto a sfidare il pericolo pur di aiutare qualcuno, era legato alla famiglia eppure stakanovista nella fedeltà al suo lavoro, era lucidamente razionale ma incline alla commozione e al pianto, ottimista o pessimista a seconda delle occasioni. La sua religiosità, aliena dall'adesione a qualsiasi religione storica, lo proiettava gioiosamente in contatto con la Natura in tutte le sue manifestazioni, anche quelle di solto giudicate sgradevoli e pericolose. La sua irrefrenabile passione per i gatti, che ad alcuni appariva una risibile stravaganza, era il *fil rouge* della sua vita domestica. Era arrivato a concepire il Gatto come il culmine della creazione divina: non si vergognava a fare cose inaudite, che gli attiravano ogni tipo di sfottò, come tenere lunghi dibattiti con i suoi gatti, sicuro che pur parlando linguaggi diversi, lui e i mici si intendessero. In punto di morte volle accanto a sé, oltre alla moglie Veronica e i figli Christian e Salvo, tutti i suoi gatti. E quella fu, come disse lui, una Bella Morte."

Ai colleghi non ho rivelato che avevo mentito loro, che non avevo nessun tumore maligno e nessuna sentenza di morte imminente. Quando si è reso evidente che sopravvivevo tranquillamente, con un sorriso ho detto, sfruttando la mia notoria religiosità: "Il Signore, nella sua infinita bontà, mi ha graziato."

Le formiche

"Dottore, io lo devo sapere... me lo dica: quanto mi rimane?"

Gli metto le mani sul braccio e glielo stringo. Come si farebbe con un amico al quale si sta chiedendo un grosso favore. Lui invece è un dottore. Addirittura un luminare. Non sta bene che io mi prenda tutta questa confidenza. Ma ormai l'ho fatto. E continuo a stringergli il braccio mentre aspetto la sentenza.

Lui mi guarda. Mi sembra imbarazzato, ma soprattutto irritato. Scuote leggermente il braccio e capisco che la mia stretta lo infastidisce. Devo mollare. Mollo. Ma, puntandogli addosso gli occhi, sguardo già pronto a velarsi, lo incalzo. Assillante e al tempo stesso implorante: "E allora, dottore?"

Si schiarisce a lungo la voce. Non l'ho mai sentito tossire, o avere comunque un qualsiasi problema alla gola. È chiaro che sta prendendo tempo. E se sta prendendo tempo è perché tutto il cinismo acquisito e rafforzato nella sua lunga carriera di oncologo non gli basta per spiattellarmi a cuor leggero l'annuncio della mia condanna.

Approfitto di un'altra pausa che lui si concede – comincia a gesticolare misteriosamente ma sempre senza rispondermi – per precisargli cosa c'è dietro la mia domanda: "Dottore, lo so che devo morire... ma questo lo sappiamo tutti, che prima o poi ci tocca..." Faccio una brevissima pausa in cui il dottore non trova di meglio che far oscillare appena il capo in un accenno di assenso, scontato, a un'affermazione così lapalissiana. Ma io ho da dire una cosa più stringente, e continuo: "Però per me è diverso: gli altri, quelli sani, non hanno nessuna idea di quando gli toccherà.

Potrebbe essere fra un'ora o fra molti, moltissimi anni, e così la morte, il pensiero della morte, diventa talmente remoto da non influenzare, praticamente, il modo di vivere..."

Il dottore dà una vistosa occhiata al suo orologio. E poco ci manca che la sua mano si chiuda e apra più volte nel gesto che vuol dire: *Stringa, io ho altri pazienti, mi aspettano, cosa crede Lei?*.

E va bene, stringo. Cerco di arrivare rapidamente al nocciolo: "Dottore, io invece so che la morte mia è vicina... ma quanto vicina? Questo devo sapere. Gli ultimi giorni li voglio vivere meglio che posso... ma, se ho solo una settimana o un anno intero, cambia quello che posso fare..."

Il dottore assume un'espressione vagamente ironica, quasi divertita, direi. Ancora una pausa, come se cercasse le parole adatte. Chiare ma possibilmente non crudeli: "Lei, signor Marotta, vorrebbe sapere quanto le rimane. Ebbene, non lo sa nessuno. Non glielo può dire nessuno. Nemmeno io che faccio l'oncologo da quarant'anni ormai. Quello che posso dirle, invece, sulla base di casi analoghi al suo – ma, preciso, non uguali, solo analoghi, solo analoghi – è che forse, dico forse, le rimane da un mese a due anni... mi corre l'obbligo di sottolineare che è solo un'ipotesi. Potrei anche sbagliarmi..." E fa una faccia mestamente imbarazzata. Forse vuol dire che potrebbe essere anche meno di un mese, piuttosto che più di due anni?

Ingoio a stento il rospo. E mi affretto a dire: "Ho capito, ho capito. Grazie..." Eppure non ho nessuna voglia di ringraziarlo. E non aggiungo altro. Altre parole, forse amare o stizzose, mi muoiono in bocca.

E poi il dottore ormai si è congedato. Con un sorriso di affettuosa paternalistica pietà ha concluso: "Signor Marotta, cambi prospettiva. Non pensi a quanto le resta. Pensi solo a vivere intensamente.

Ogni giorno, ogni ora, ogni minuto." Mi stringe la mano, forte; con l'altra mi dà una piccola pacca sulle spalle. Più da saggio amico che da freddo luminare.

Esco dalla clinica. Non so se ho voglia di sedermi o di correre. Guardo l'orologio. Il mio poco tempo sta passando. Il mio poco tempo che non so quanto poco è.

In fondo il dottore ha ragione. Le sue parole mi hanno irritato, ma debbo riconoscere che ha ragione. Anche io vorrei che ogni mio istante fosse carico di senso. Che fosse intelligente, emozionante, commovente perfino. "Vivi intensamente e non esserne mai pago" mi disse una volta un'amica.

E allora senza rifletterci comincio a correre. Per ingoiare il vento, per lasciarmi indietro le case, per superare qualcuno giovane e sano, per sentire il corpo, affamato di vita, ancora vincitore sulle cellule assassine.

Corro. Corro a precipizio. Come se non avessi superato i cinquanta. Come se non fosse necessario badare alle irregolarità, avvallamenti o rigonfiamenti, nella pavimentazione.

Non ci bado. E mi accorgo di essere irrimediabilmente inciampato quando sono ormai rovinato in terra, sacco floscio inerme. I pantaloni lacerati all'altezza delle ginocchia, sbucciate e sanguinanti.

Dopo poco, sento dolore. Ma non me ne dolgo: quanto sono ancora vivo! E poi, cos'è una sbucciatura di ginocchia per un malato, forse terminale, di cancro?

Vorrei rialzarmi subito. Penso che ne va del mio orgoglio di uomo malato ma ancora vigoroso. Non mi aiutano le braccia, però. E nemmeno le gambe, tronchi di legno fradicio.

Resto a terra. Molti secondi, forse minuti. In attesa di un'energia, di uno scatto, che non possono avermi abbandonato definitivamente. Curvo a quattro zampe, non penso a chiedere aiuto. E del resto, davanti e dietro di me, non c'è nessuno a cui chiedere aiuto.

I pochi passanti sono spariti d'un tratto. A casa a passo svelto per il pranzo o chissà. Penso che dovrò cucinarmi qualcosa anche io. Ma mi si è chiuso lo stomaco, o piuttosto, mi rendo conto, è perché lì si annida il male che l'operazione, tardiva, non ha potuto arrestare.

Resto a terra a quattro zampe, ridicolo animale improvvisato. E di nuovo faccio per tirarmi su.

Prima di riuscirci, mi capita di vedere sul marciapiede, a pochi centimetri davanti a me, una linea fitta, mobile, di trattini neri. Sono tanti, scorrono al tempo stesso verso sinistra e verso destra. Sono formiche. Alacri, organizzate, ordinate, lavorano all'unisono per un compito che dev'essere importante, anche se mi sfugge. È la loro vita, minuscola, misteriosa, sacra. Che noi umani ignoriamo, sottovalutiamo. O addirittura combattiamo a morte.

Penso che avrei potuto inciampare qualche centimetro più avanti: mi sarei abbattuto su di loro con tutto il mio peso, e magari chissà quante, senza volere, avrei schiacciato. Avrei dato loro una morte inopinata e immeritata.

Ma per fortuna non è successo. La loro sommessa silenziosa preziosa vita è salva. E ne provo sollievo. Quasi da lungo tempo fossimo amici.

Gli occhi mi si velano di tiepide lacrime. Intanto un signore mi è arrivato accanto e si offre di aiutarmi a rialzarmi.

Lo ringrazio. Ma gli rispondo che adesso no: sto osservando le formiche. La vita delle formiche.

La vita.

Le bare vuote

Mio padre era un grande falegname. Stupendo era tutto ciò che costruiva. Ma il suo cavallo di battaglia era la bara. Tanto che ben presto fece fallire tutti gli altri costruttori di bare della città.

Lui avrebbe voluto che da grande facessi anche io il falegname. Ma presi un'altra strada: il caso volle che a soli sette anni assistessi alla deposizione di un morto in una delle nostre bare. Scoprii che non la bara in sé mi affascinava, bensì la coppia morto-bara. E capii subito – ero un ragazzino sveglio – che avrei fatto il becchino. Quella era la mia vocazione.

Così, appena maggiorenne, ho aperto un'agenzia di pompe funebri. Nonostante la viva disapprovazione di mio padre che, forse anche per questo dispiacere, si è ammalato. E ci ha lasciato a soli cinquant'anni.

Voglio spiegare le mie sensazioni quando metto un morto nella bara. Perché non si creda che io sia un inguaribile pervertito, tanto più che lo sarei stato, cosa ancora più grave, sin da ragazzino.

Ebbene, due durezze si confrontano e si integrano: quella del legno stagionato della bara, quella del corpo del morto ormai preda del *rigor mortis*. Accomodare con garbo e sapienza la salma nella cassa mi fa sentire un bravo cristiano, rispettoso dei trapassati come, o perfino ancor più che dei viventi.

E poi c'è anche una sinergia di odori. Se tutti sanno e accettano la gradevolezza dell'odore del legno stagionato - larice, ciliegio o altri – pochi o nessuno forse vorrà ammettere che una salma ha quasi un suo profumo delicato, che non va camuffato e mortificato con fiori o deodoranti.

Mia madre sta dalla parte di mio padre e, ora che lui ci ha lasciati, lei moltiplica i rimproveri, come se fossero a nome di tutti e due. Non può fare a meno di protestare: fare il falegname invece che il becchino sarebbe stato più dignitoso, i becchini sono sempre malvisti, e i falegnami, inoltre, guadagnano anche di più.

Io difendo la mia scelta. Anche se so che le mie parole non avranno mai la sua approvazione: "Mamma – le dico sfrontatamente – io voglio bene ai morti. Solo loro rispetto sempre e comunque. I morti non pettegolano, non progettano e non realizzano il male, non tradiscono, non deludono. Fra tanto chiasso che fanno i vivi con la bocca, i morti, giudiziosi, tacciono. E il loro silenzio è d'oro." Mia madre mi guarda storto, nella bocca una smorfia di disgusto. Ma io concludo: "Quella loro faccia immobile, distesa, serena mi dà pace e conforto, non vorrei mai smettere di guardarla. E mi dispiace che a un certo punto, come è purtroppo inevitabile, devo mettere il coperchio e avvitarlo."

C'è sempre molto lavoro per me, per fortuna.

Quando è arrivata la Crisi, poi, ho incrementato molto il mio business con i suicidi, imprenditori e artigiani falliti, operai licenziati. I vecchi poveri, morti in anticipo.

Per non parlare dell'ultima moda, il femminicidio: anche nella mia città donne fatte fuori da ex fidanzati o ex mariti o semplici conviventi. E mettiamoci pure il contributo di ubriachi e drogati che falciano i pedoni perfino sulle strisce pedonali.

Infine una mano me la danno anche le faide fra famiglie malavitose con i loro sbrigativi ammazzamenti, e i tumori dovuti ai rifiuti tossici che hanno sotterrato in discariche abusive.

La Crisi è finita, purtroppo. O almeno molta gente ci crede. Tutti si attaccano alla vita, non si lasciano andare. Se imprenditori, artigiani e operai non vogliono morire più come prima, non li si può certo convincere. Se i maschi cominciano a rinunciare al femminicidio (non va più di moda?); se le famiglie della camorra hanno siglato una lunga tregua; se la medicina e la chirurgia si dilettano ad allungare a dismisura l'esistenza e la malasanità perde colpi, chi ci va per sotto? Io, che faccio il becchino e vivo della morte altrui.

I miei affari insomma da un po' vanno male. Scendo nel magazzino e guardo tutte quelle bare che mi ero preoccupato di comprare in grande quantità, e che ora mi rimangono sconsolatamente vuote.

L'altro giorno, che non sopportavo più di vederle tutte inutilizzate, e mi sentivo molto stanco, mi sono calato in una. Anche per vedere se era comoda come sostiene quello che me le vende (si chiama Filippo, da un po' si è messo in proprio, ma la gavetta l'ha fatta nella bottega di mio padre). Devo dire che proprio comoda non era. Ma poi ho riflettuto che per un morto deve essere diverso. I morti non pretendono, non sono schizzinosi.

Intanto ormai io e tutta la mia famiglia ci siamo abituati a un certo tenore di vita: Nunziata, mia moglie, vuole sempre rinnovare il guardaroba, soprattutto con capi dai colori luminosi e allegri per compensare di essere maritata a un becchino; i ragazzi, Gaetano e Annarella, mi credono un padre benestante, pretendono una paghetta consistente e corrono appresso ad ogni novità tecnologica; io stesso, lo confesso, ho i miei vizietti costosucci, non ultima Natascia, giovanissima aiutante ucraina.

Che fare, allora? Dovrei forse suicidarmi? Ma figuriamoci, sono un ottimista, io. Non mi resta che aspettare che riprendano quota le ragioni e le occasioni per uccidere, per suicidarsi, per morire.

Confido soprattutto nei nostri politici, tanto insipienti e inaffidabili da riuscire a vanificare questa timida ripresa e alimentare piuttosto una nuova devastante Crisi, sicura dispensatrice di morti.

E allora ciò che tutti subirebbero come una rinnovata sciagura, io potrei invece salutare come la manna dal cielo: non più tristemente vuote le mie bare, non più pigramente vuote le mie giornate, non più desolatamente vuote le mie tasche.

Io ti seguirò

È stata una lunga agonia, ma scontata. L'avevi provocata tu con la tua testardaggine nel farti del male.

T'hanno vestito di tutto punto, chissà perché si usa così, come se dovessi andare a una festa impegnativa. Impeccabile, t'hanno adagiato nella bara e, fra pianti sinceri o magari falsi, sono riuscito a farmi largo per darti l'ultimo saluto: una lunga leccata sul viso, ormai freddo e rigido, a cui la tua mano non ha potuto rispondere con una calda carezza. Poi due uomini mi hanno costretto a scostarmi – ho cercato di resistere ma erano minacciosi e determinati - hanno poggiato il coperchio e l'hanno avvitato.

Adesso sto accucciato in un angolo della stanza da letto. Il letto che dividemmo amorosamente, anche se d'estate dicevi che ero troppo caldo e non mi dovevo mettere sul tuo stomaco, ma ai tuoi piedi; anche se ti agitavi e ti rivoltavi un po' troppo per i miei gusti, ma ero comprensivo. Ogni volta, la cosa importante era starti vicino, vicino al mio amato.

Sono tre giorni che sei morto, e sono tre giorni che non tocco cibo né acqua. Tua sorella, che è un tipo premuroso, mi vuole per forza far mangiare e bere, e mi porta le due ciotole, cibo appetitoso e acqua fresca.

Ma io non accetto niente, resto testardamente fermo nel mio angolo. Come se dovessi scontare una pena, come se la tua morte fosse anche colpa mia. E invece no. Io anzi ho cercato di fartelo capire che l'alcool ti avrebbe fatto molto male e avrebbe accelerato la tua fine (Ho cercato perfino di nasconderti le bottiglie di whisky o di gin, ricordi?, ma tu tanto cercavi che le trovavi, e poi mi facevi anche un gesto come a dire "Ah briccone!").

Ecco tua sorella che torna all'attacco. Non riesce a rassegnarsi al fatto che non voglio mangiare e bere. Sembra più preoccupata di farmi star bene, che addolorata per la tua morte. E certo che mi ricordo alcuni vostri bisticci, spaventosi, non degni di un rapporto fra fratello e sorella. Ma in fondo non mi meravigliavo poi tanto: nella mia lunga vita – quattordici anni – ho imparato che gli umani non sono migliori di noi cani. Anzi.

Voi umani sapete fingere e mentire, mantenere il rancore e covare la vendetta, concepire il male e metterlo in atto, non disdegnate la violenza, anche gratuita, e sapete perfino concepire il gusto di uccidere. Cose che noi cani non facciamo e non sapremmo mai fare. Eppure ci leghiamo a voi, ad uno di voi, che diviene il nostro sacro padrone. E accettiamo rimproveri, trascuratezze, molestie, botte, offese ("figlio di un cane", per esempio). Noi siamo sicuramente i vostri migliori amici, ma non si può dire che voi siete sempre i nostri migliori amici.

Tu però facevi eccezione: mi davi sempre il cibo migliore, magari quello che avevi cucinato per te, mi carezzavi e mi facevi le coccole, mi sussurravi paroline gentili all'orecchio, mi portavi dal veterinario appena stavo un po' male, mi spazzolavi per farmi fare bella figura accanto a te per strada, mi portavi a passeggio regolarmente e capivi quando dovevo fare i miei bisogni, non mi strattonavi e tiravi come fanno tanti altri padroni, bestie che sono!

Perciò la tua morte è stata particolarmente dolorosa per me.

Stamattina finalmente ho accettato cibo e acqua. Ma non è un'interruzione del mio lutto. È solo perché voglio venire a trovarti, e perciò devo stare in forze, credo che il percorso possa essere lungo e insidioso.

Non so bene dov'è il cimitero in questa grande città. Ma con il mio potentissimo olfatto mi orienterò e lo troverò. E non ci sarà guardiano che possa impedirmi di entrare, o minacciarmi fino a farmi scappare fuori. Troverò il cimitero e troverò te.

Resisti, allora, non lasciare che la terra impietosa ti soffochi e abbia il sopravvento. Intanto già mi sono messo in marcia, nel traffico caotico che tenta invano di ostacolarmi. Presto sarò da te.

Alla fine ho trovato il cimitero, e nel cimitero ho trovato te. Non tanto con l'olfatto, quanto con la vista: la tua foto, una foto da giovane – come eri carino – che tua sorella ha fatto mettere sulla tomba. E lì mi sono accucciato, ancora con il fiatone. Con le orecchie tese come se dovessi cogliere la tua voce, quella con cui mi chiamavi e guidavi.

Sono rimasto così per ore, credo. La gente mi guardava strano. Il guardiano è passato, severo, e ha fatto la mossa di cacciarmi. Ma poi ha visto i miei denti e ha rinunciato.

Infine sono tornato a casa. Dove tua sorella, preoccupatissima, mi aspettava da tempo. Mi ha chiesto dove mai ero andato. Ho cercato di farle capire. Ma non ha capito. Non immagina. Siete un po' ottusi voi esseri umani.

Sono giorni che torno, quotidianamente, a trovarti. Sono ormai una presenza usuale nel cimitero, e il guardiano mi guarda con compassione più che con fastidio. Forse ha perfino capito.

Adesso so che oggi sarà diverso. Non tornerò a casa da tua sorella. Perché rimarrò con te. E sarà per sempre: finalmente, come te, con te, troverò pace.

Lettera agli umani

Questa sicuramente non ve l'aspettavate, vero? Una lettera di noi animali.

Non è stato facile. O meglio, è stata faticosa la concezione – ognuno voleva dire la propria – e ardua la stesura materiale – non abbiamo penne, biro o stilografiche, né tastiere di computer, noi.

Io che sono Elefantuzz, un elefantino sveglio, ordinato e imparziale, ho avuto dall'assemblea, a stragrande maggioranza, l'incarico di raccogliere le proposte per cosa mettere nella lettera. E siccome, come del resto tutti quelli della mia specie, ho una memoria di ferro, non ho avuto bisogno di prendere appunti: tutto quello che, freneticamente e disordinatamente, mi veniva segnalato e caldeggiato, io, perbacco, l'ho conservato intatto nella mia capiente capoccia.

Tutti si affannavano intorno a me per dire i loro problemi e i loro desideri: dalla balena con voce cavernosa al topo che squittisce acuto, dal ruggito minaccioso dei grandi felini all'abbaiare petulante dei chihuahua, dal grido regale dell'aquila al sommesso brusio del calabrone. Insomma c'era da impazzire di fronte a tanta diversità. Ho dovuto imparare in fretta mille linguaggi. E sono diventato in poche ore, non fo per dire, un linguista e interprete insuperabile.

Il problema più grave, però, è stato quello della stesura materiale della lettera. Bisogna che io lo ammetta: fra noi animali c'è molto spirito competitivo. Ma senza presunzione, senza accanimento, sempre con l'unico e sano proposito di fare le cose il meglio possibile.

La prima a proporsi come scrivana è stata Lemmelemme, una lumaca generosa e socialmente impegnata. È venuta da me più veloce che poteva, insomma lenta invece che lentissima. E mi ha fatto presente che con la sua scia argentea poteva tracciare consonanti e vocali: il risultato sarebbe stato delicato, aggraziato e romantico. L'ho guardata benevolo dall'alto della mia mole, attento a non muovere un passo per non calpestarla. E con la morte nel cuore le ho detto: "Ma Lemmelemme, ti rendi conto quanto tempo ci vorrebbe?" Lei ha fatto la mossa di rispondere per perorare la sua causa. Poi però si è resa conto e si è allontanata mogia mogia. Più lenta che mai.

Il secondo a proporsi è stato Telafina, un bel ragno nero e peloso, che mi si è arrampicato spavaldo su una zampa. Subito ha cominciato a farsi propaganda: lui con ben otto zampe avrebbe fatto presto a scrivere la lettera. "Ma scusa" gli ho fatto rilevare con tutto il tatto possibile "le tue ragnatele sono bellissime, per carità, hanno una geometria prodigiosa. Ma non assomigliano a nessuna consonante o vocale dell'alfabeto umano." E lui, che è permaloso, si è sottratto al dialogo e sprezzante si è ritirato al centro della sua ragnatela.

Poi è stato il turno di Picpic, un picchio dal becco appuntito e trasiticcio che, per farsi notare nella folla di questuanti attorno a me, mi ha beccato sul cocuzzolo della capa. "E come faresti a scrivere?" gli ho chiesto, fingendo curiosità ma già perplesso. Lui, di rimando: "Con il mio becco posso traforare il foglio. Sono già allenato con la corteccia degli alberi, lo sai no?" "E quanto dovrebbe essere grande il foglio della lettera, secondo te?" gli ho contestato. Picpic ha esclamato, sfacciatamente: "Grande certamente, ma un foglio così me lo so procurare... volo dentro una cartiera e..." "Però" l'ho subito stoppato "noi la lettera la dobbiamo mettere in una busta, così si usa. Intendi...?" Picpic ha inteso. Se n'è volato via, non prima però di avermi dato una beccata dispettosa in un orecchio.

Subito allora si è presentata, tutta impettita, Furfa. Una gazza più ladra che mai. "Posso scriverla io la lettera" ha gracchiato lei spavalda "piglio tanti tanti semi, che io sono brava, lo sapete bene, e con la resina dei pini li incollo sul foglio... Che ne dici, Elefantuzz?" "Dico" ho replicato severo "che tu sei, oltre che notoriamente ladra, anche golosa e mangiona: già m'immagino quanti semi finirebbero lungo il tragitto nel tuo gargarozzo invece che sul foglio della lettera!" Furfa, quanto mai indispettita, ha cercato qualcosa da rubacchiare prima di decidersi a volare via.

A questo punto si è fatto avanti Zamparazzo, topo minuscolo ma velocissimo e intraprendente. "Senti, Elefantuzz, te la offro io la soluzione: tu sai che noi topi usiamo la coda per vari scopi. Per esempio, per farci tirare mentre teniamo un uovo sulla pancia." "E allora?" ho sbottato io che stavo cominciando a irritarmi per queste proposte velleitarie. "Allora" ha squittito lui "io la coda la posso intingere nell'inchiostro e passarla sul foglio per tracciare consonanti e vocali."

Stavo valutando se la cosa era davvero fattibile, quando all'improvviso Zamparazzo si è beccata una zampata in testa. Era opera di Miciobel, il gatto che lo insegue da mesi: "Ué, topastro maledetto" gli ha gridato senza riguardo "fila via se non vuoi fare una brutta fine." Poi, con un sorriso accattivante rivolto a me, ha sostenuto: "Scrivere la lettera tocca al sottoscritto. Ho le unghie fatte apposta, una volta intinte nell'inchiostro, per tracciare consonanti e vocali come si deve. Altro che la coda moscia e lunga di un topuncolo presuntuoso!"

"Okay" ho ammesso, più per stanchezza che per convinzione "ma l'inchiostro come ce lo procuriamo?"

Miciobel ha gonfiato il petto e ha fatto l'espressione più furba che poteva. Poi ha continuato: "Caro il mio elefantino, noi gatti, se vogliamo, sappiamo essere una famiglia. Una famiglia attrezzata, ogni membro con un proprio compito. E così abbiamo, all'uopo, Pescato'. Uno dei pochissimi mici che non hanno paura dell'acqua: lui non ha problemi ad andare dentro i fiumi e il mare a pescare. E pesca anche le seppie... Hai già capito, vero? Seppia vuol dire nero di seppia. Ecco il nostro inchiostro! Ok?" Ero frastornato ma contento. Sono riuscito solo a dire, anche io: "Ok".

Quando Pescato', di ritorno dall'immersione, finalmente ha portato il nero di seppia, Miciobel vi ha intinto con allegra disinvoltura un'unghia della zampa. E ha scritto, in discreta grafia, questa benedetta lettera:

Cari umani (cari non in senso affettuoso, ma nel senso che ci costate caro),

abbiamo alcune cosine da dirvi. Scusate se ve le diciamo senza un ordine preciso. Ma vi tocca essere indulgenti: troppo urgente fremente disordinata, premeva da dentro i nostri petti la voce del dolore, dell'indignazione, della rabbia.

A noi farfalle ci catturate con impietose retine. Come se fosse un gioco o uno sport grazioso per bambini e fanciulle. E poco vi importa se, toccandoci le ali, ne rompete le nervature sicché più non possiamo volare. Ma nemmeno questo vi basta: siete per natura amanti e collezionisti di cose belle e, siccome noi siamo belle, ecco che anche noi dobbiamo entrare a far parte di una vostra collezione: ci fissate, trafitte da spilloni, in vetrinette che adornano le vostre confortevoli case perbene. La nostra morte come spettacolo per allietare la vostra vita.

A noi formiche ci perseguitate periodicamente, con vere e proprie campagne di genocidio. Niente volete sapere della nostra stupefacente organizzazione sociale, della nostra sana gerarchia, della nostra umile e silenziosa previdenza contro fame e freddo (aspetti della vita in cui siete notoriamente molto scarsi). Con i raffinati micidiali prodotti della chimica moderna, badate a spargere veleni nei nostri formicai e sulle soglie delle porte che non vanno superate. E se, per caso, ci riusciamo, ecco che le suole delle vostre scarpe si abbattono implacabili su di noi: è morte certa, ma inflitta con indifferenza, o con gusto, o perfino con i sorrisetti sadici di chi si sta divertendo a praticare uno sport in più. Togliere agevolmente la vita a piccolissime creature indifese per sentirvi bravi, per illudervi di essere superiori. Ma anche per soddisfare i vostri perversi gusti alimentari. Già, in certi paesi ci cucinate e ci offrite nei ristoranti come prelibatezze. E allora vi chiediamo: Vi piacerebbe se un essere sovrumano, molto ma molto più grande di voi, gongolasse e si gloriasse di schiacciarvi a morte, solo perché ai suoi occhi siete esseri inutili e nocivi, degni soltanto di essere soppressi? O trovasse la vostra carne deliziosa, dolce e digeribile?

Noi zanzare siamo condannate già prima di agire. Voi sostenete che è giusto e sacrosanto ucciderci perché noi vi succhiamo il sangue e con le nostre punture vi lasciamo un forte prurito. Ma – basta informarsi – il vostro sangue si ricrea anche soltanto bevendo un bicchiere d'acqua. E quanto al prurito, non avete forse una gamma perfino pletorica di prodotti per eliminare questo fastidio? Ma ciò non vi basta, come al solito: per impedirci di succhiare quel pochino pochino di sangue che ci permetta di sopravvivere, vi dotate di tutti i prodotti anti-zanzare che la vostra cinica industria chimica ha inventato e perfezionato. E così ci strappate la vita, o comunque *ci allontanate, e così ci condannate alla fame e alla sete!*

Con noi vermi, tradite il vostro sprezzante razzismo: per indicare quegli umani che ritenete indegni e insignificanti, usate il termine 'verme'. Cosa siamo allora ai vostri occhi? Esseri infimi che sarebbe stato meglio non creare, esseri privi di bellezza che strisciano lentamente, senza altro destino che essere torturati e calpestati.

Noi api siamo sfruttate scientificamente: siamo quelle piccole prodigiose operaie che fanno con fatica e abilità il miele e la pappa reale. Leccornie di cui siete ghiotti e, ladri come siete, ce le rubate sistematicamente ogni volta. Poi però vi meravigliate e indignate se qualcuna di noi vi punge, magari del tutto involontariamente. Allora subito vi armate per farci fuori. La vostra vita è sempre sacra, la nostra mai.

A noi scorpioni negate il diritto di difenderci. Voi che dalla più remota antichità avete forgiato armi, sempre più potenti e micidiali, vi spaventate per il nostro pungiglione velenoso, che però non vi uccide, può solo provocarvi dolore, gonfiore, sfinimento. Voi invece sì, siete assassini, e disinvolti e freddi ci togliete la vita. In alcuni paesi addirittura per mangiarci: ma che gusti bestiali avete!

Noi topi siamo proprio sfortunati. A parte i gatti (non tutti ci danno la caccia; alcuni perfino ci adottano), i nostri nemici siete voi umani. Le vostre donne in particolare hanno paura e disgusto di noi. Anche se siamo piccoli e spaventati, loro si precipitano a salire su una sedia o su un tavolo, poi scappano invocando l'intervento di un maschio giustiziere. Il quale, per farsi bello con la donna, si adopera in tutti i modi, con trappole, veleni, bastonate, acqua bollente, per riuscire nell'intento che è ovviamente ammazzarci.

Noi animali da pelliccia (visoni, zibellini, volpi, ermellini, castori, scoiattoli, lontre) siamo le vittime della vostra vanità e sete di guadagno. Per ornarvi con le nostre pellicce, ci costringete a una vita d'inferno conclusa soltanto dalla soppressione. Ci chiudete in gabbie strette e anguste per risparmiare spazio, ma soprattutto per impedire il movimento che potrebbe rovinare la pelliccia. Queste condizioni di privazione producono un tale stress da indurci perfino ad automutilazioni, episodi d'infanticidio, aggressione e cannibalismo. Una tecnica particolarmente crudele è quella di esporci al freddo invernale per farci sviluppare una pelliccia più folta.

Purtroppo sono tanti anche quelli di noi uccisi in libertà, nei boschi, usando le tagliole. Possiamo rimanere anche per una settimana ad aspettare il cacciatore che verrà ad ucciderci. Nel frattempo la ferita si gonfia provocando dolori inauditi.

A noi foche ci tocca lo strazio e la disperazione delle madri: voi cacciatori uccidete i nostri piccoli a bastonate in testa, li scuoiate davanti a noi che restiamo impotenti, e ci lasciate lo spettacolo atroce di cadaveri sanguinanti e scuoiati. Ma a voi piacerebbe che una mattanza così feroce e spietata fosse riservata ai vostri figli? I vostri delitti, ricordatevelo, sono abietti e gridano vendetta.

Con la caccia perseguitate e ammazzate un numero sterminato di animali: quelli di terra (conigli, lepri, volpi, cinghiali, mufloni, cervi, caprioli, daini); quelli di aria (fagiani, germani reali, beccacce, quaglie, pernici, galli cedroni, tortore, storni, fringuelli, corvi, cornacchie, gazze, tordi, merli). E non sempre per nutrirvi delle nostre carni: arrivate a spararci come si spara a un bersaglio inanimato, a un piattello nel poligono di tiro.

A causa della pesca, il grido di dolore di noi pesci si leva, ma inascoltato. Nelle pescherie lasciati senz'acqua ad agonizzare, sbattendoci disperati negli ultimi guizzi vitali. Noi aragoste gettate nell'acqua bollente ancora vive per una cottura ottimale. E noi polpi sbattuti sulla dura pietra per ammorbidirci o fatti seccare al sole, una lenta atroce morte rovente.

A noi asini e muli ci avete sempre sottoposti a fatiche immani, caricati di pesi spaventosi, per percorsi impervi e salite erte. Ma per voi non era abbastanza: ci avete pure denigrati e offesi spargendo la falsa notizia che siamo stupidi ("Sei un asino, vai dietro la lavagna!"), mentre invece siamo molto intelligenti e sensibili.

A noi polli, tacchini, pecore, capre, vitelli ci costringete in allevamenti intensivi, in spazi ridottissimi, condannandoci ad una vita che non è vita prima che infine alla morte. Ma le nostre carni conservano tutta la negatività che ci avete fatto subire, e sono quindi negative anche per voi. Anche se in molti non lo sapete, o non volete saperlo.

Noi cavalli siamo stati, da millenni, animali da tiro e per rapidi spostamenti. Bestie quindi preziose, ben curate. Ma la vostra fame incontenibile e la vostra inclinazione allo sfruttamento degli altri, ci hanno fatto diventare una carne nutriente per i vostri palati versatili. Quelli di noi che, tirando carrozzelle, hanno dato un rilevante contributo al turismo, hanno cioè allietato le visite di milioni di stranieri, rischiano, alla fine della loro vita di lavoro, di finire anch'essi al macello.

A noi canguri, a cui concedete una benevola ammirazione per i marsupi e i salti prodigiosi, avete deciso di riservare comunque la morte: il vostro palato avido si è accorto che la nostra carne sarebbe gradevole e nutriente.

Noi elefanti siamo vittime di una caccia che ci sta portando all'estinzione, a causa delle nostre preziose zanne di avorio. Diventiamo trofei di cui gloriarsi in foto in cui i nostri vigliacchi assassini sorridono tranquilli e orgogliosi accanto ai nostri corpi senza più vita.

E tutti noi animali esotici ci avete chiusi nelle gabbie degli zoo, strappandoci ai nostri ambienti naturali, alla nostra libertà di movimento, alla nostra spontanea vita sociale. Passate davanti alle gabbie come davanti a un video strano e divertente, e così ci fate avvertire più dolorosamente la nostra prigionia.

Noi cani siamo in cima alla classifica degli animali più amati da voi. State continuamente a ripetere che siamo intelligenti, fedeli, i vostri migliori amici... Ma voi siete nostri amici? Ecco come ci ripagate per il nostro affetto e la nostra fedeltà. Ci addestrate, con ogni tipo di vessazioni, per combattimenti all'ultimo sangue con i nostri fratelli. Combattimenti che si concludono con gravi ferite o proprio la morte. Come se neppure un poco vi foste affezionati a noi, invece di curarci, ci abbattete: e già, non siamo più buoni a combattere, non siamo più buoni a farvi guadagnare con le scommesse. In certi paesi, Asia Orientale e Oceania, alcune nostre razze sono allevate appositamente per la macellazione, per fornire carne prelibata ai viziosi palati umani.

Diverse specie di noi scimmie sono usate nella sperimentazione sulla tossicità delle droghe e sull'efficacia dei vaccini. Anche per noi sono riservati trattamenti orribili. Tanto che, in un laboratorio estero, furono rinvenuti i corpi di 30 di noi arse vive.

E che dire di noi scimpanzé? Siamo stati utilizzati per testare la sicurezza delle auto. Avete capito, vero? Eravamo impiegati al posto dei manichini nei crashtest. Di manichini ce n'erano in quantità, ma si preferiva fare del male a noi!

Ma ora diciamo la nostra noi, orsi neri asiatici: siamo utilizzati massicciamente in Asia per la produzione di bile. Rinchiusi in gabbie strettissime, veniamo, se così si può dire, "munti" ogni giorno con una sonda che, attraverso una ferita sempre aperta, viene introdotta direttamente nel fegato... Avete un'idea di quel che proviamo?

E finiamo con noi gatti. Dai tempi dei tempi ci avete usati per uccidere i poveri topi e salvare le vostre vettovaglie. Quale è stato il vostro ringraziamento? Che ci adottate, cosa a prima vista positiva, ma poi ci abbandonate per strada d'estate per farvi in pace le vostre irrinunciabili vacanze. Immaginate che vacanze facciamo noi, intanto.

Veniamo assassinati, da contadini che non sopportano la nostra presenza nei campi, con bocconi avvelenati che ci infliggono una morte dolorosissima. Veniamo sparati da mascalzoni che si sono stancati di dare la caccia ad altri animali, vogliono un'emozione nuova. Veniamo investiti volontariamente da sadici che ci odiano, ci disprezzano o, se stupidi superstiziosi, addirittura ci temono se siamo neri perché porteremmo sfortuna. Veniamo catturati per portarci nei laboratori della vivisezione, assieme a cani, scimmie e altre cavie: per testare medicinali che dovrebbero aiutarvi a guarire dalle vostre malattie, ci sottoponete a inenarrabili prolungate torture. Le cannule di plastica, senza pietà, ce le inserite ripetutamente nella trachea. (Eh, ma lo fate in nome della scienza!) Questo spesso causa emorragie, gonfiori, collasso dei polmoni, ferite alla gola. E infine ci date la morte che a quel punto, paradossalmente, diventa una liberazione.

Lo sappiamo che voi non vi rendete conto della gravità di quello che ci fate. La vostra violenza è cieca e sorda. Ma noi che la subiamo, da sempre, abbiamo occhi per vedere e orecchie per sentire. Non sopporteremo in eterno il male che disinvoltamente ci infliggete. Noi ci organizzeremo, e tutti assieme faremo, senza dubbi e pentimenti, ciò che ci tocca *fare. Non sarà domani, non sarà magari nemmeno dopodomani, ma un giorno vi circonderemo, vi colpiremo, con tutte le armi che madre Natura ci ha dato. Vi cancelleremo, sì, vi cancelleremo dalla faccia della Terra. Voi cosiddetti umani, che siete invece disumani. E sarà certamente un mondo migliore quello abitato solo da noi.*

Firmato:
i Legittimi Rappresentanti degli Animali della Terra

P.S. Moltissimi altri animali si erano accomodati qui in fila, ordinati e pazienti, per far mettere nero su bianco le loro sacrosante denunce e proteste. Ma io, Miciobel, che sono lo scrivano, non ce la facevo più: non tanto a intingere l'unghia nel nero di seppia e a muoverla con accortezza sul foglio, quanto ad ascoltare testimonianze sconvolgenti sulla vostra imperturbabile violenza: troppo mi feriva e deprimeva. A tutti i compagni animali, che perciò non hanno potuto trovare posto nella lettera, chiedo umilmente scusa.

Ma tu sei Babbo Natale?

Mi chiamo Giacomina. Ho otto anni. Sono una brava bambina, e perciò sono sicura che Babbo Natale, che è buono, mi porterà un bel regalo.

Mamma mi voleva far scrivere la letterina, e dire chiaramente cosa volevo da lui. Cioè, per essere educata, cosa avrei voluto da lui se me l'ero meritata: un vestitino da fatina, rosa, con le perline rosse, e naturalmente la bacchetta magica e il cappellino a punta.

Ma io la letterina non l'ho voluta scrivere. Preferisco avere una sorpresa. Anche se è meno bella del vestitino da fata.

Ora mi sono messa davanti al camino. Aspetto Babbo Natale che deve scendere da lì, con la faccia e il vestito sporchi di cenere, grassottello e sorridente, con la sua bella barba bianca e lunga, e il grande sacco dei regali sulla spalla.

Mio fratello Roberto, che ha nove anni e perciò crede di potermi picchiare, prendere in giro e insegnare tutto, dice che sono un'ingenua, una ritardata: a otto anni credo ancora a Babbo Natale. Lui dice che Babbo Natale è il nostro babbo che si traveste: si trucca la faccia per sembrare più vecchio – lui ha solo quarant'anni – si mette un cuscino sotto il vestito per fare finta di avere una grande pancia, e nel sacco, assieme ai regali per me e Roberto, mette giornali fatti a palla per far sembrare che il suo sacco è pieno di doni per altri bambini.

Io a Roberto non ci credo, non ci voglio credere. Anche perché babbo nostro sta sempre a pensare al suo lavoro di chirurgo, che lo chiamano per fare un'operazione a tutte le ore. E poi lui è buono, mi vuole un mondo di bene, non mi può ingannare.

Stasera sta già in ospedale, e ha da fare cose più importanti che travestirsi da Babbo Natale.

La mamma mi passa davanti correndo, dice che deve andare al supermarket a comprare qualcosa, per fare la cassata, che aveva dimenticato.

"Mi raccomando" mi fa "io ci metto pochi minuti, spero... ma se bussa qualcuno alla porta, tu non aprire, non aprire a nessuno, capito?, a nessuno, a nessuno!"

"Va bene, mamma, ho capito. Non ti preoccupare."

Torno davanti al camino, mi metto accovacciata e zitta zitta per sentire quando Babbo Natale scende giù, che poi subito mi sorride e mi porta un bel regalo. Sono sicura che scende di lì e che il regalo che mi porta è proprio bello.

Aspetto, aspetto.

Ma Babbo Natale non arriva.

Invece bussano alla porta. Una bussata lunga, allegra, o forse nervosa. Che fosse la mamma che si è dimenticate le chiavi? Ogni tanto lo fa, lei è il tipo capace.

Mi ha raccomandato di non aprire a nessuno. Ma se poi è lei?

Sono una brava bambina. Non posso lasciare la mamma fuori. Apro.

Ma non è la mamma.

Dovrei chiudere subito la porta, anzi non dovevo aprirla proprio.

Ma come faccio? Davanti a me c'è Babbo Natale! È proprio lui. Solo ha uno sguardo meno buono di come me l'ero immaginato.

"Ciao, Giacomina" e mi fa un grande sorriso "sono venuto a portarti il regalo... te lo sei proprio meritato, e io ti voglio premiare come si deve."

Il vestito bianco e rosso, la barba bianca e lunga, il grande sacco con i regali sulla spalla, la pancia grossa... ma c'è una cosa che non va. Gli chiedo: "Ma tu non dovevi arrivare dal camino?"

Lui si fa una risatina, come uno che sta per scusarsi: "Sì, hai ragione, avrei dovuto scendere dal camino, è così divertente e caratteristico... ma, lo devo confessare, ho mangiato talmente, sai, sono un poco goloso, e sono così ingrassato che per il camino non ci riesco più a passare!" E fa una risata forte, che quasi mi spaventa.

"Cosa mi hai portato?"

Babbo Natale mette giù il sacco, e tira fuori una scatola grandissima. "Sono caramelle, caramelle speciali per una bambina speciale come è Giacomina..."

Io mi aspettavo qualcosa di più, tanto ero stata buona quest'anno. Certo il vestitino da fatina no, non avevo voluto chiederlo, preferivo una sorpresa. Ma questa non era una bella sorpresa: le caramelle, uffah!

Babbo Natale spalanca gli occhi, fa un nuovo grande sorriso: "Ma il regalo più importante è un altro. Ed è un regalo solo per te: ti faccio fare un lungo giro sulla mia slitta! Vieni, vieni, Giacomina" E mi porge la grande mano.

Penso che un lungo giro sulla slitta di Babbo Natale non me lo posso perdere. Ed è solo per me. Debbo accettare, anche se lui non è sceso dal camino come doveva fare. Gli do la mia manina, lui la stringe nella sua manona. Apriamo la porta e ci avviamo.

"Però, Babbo Natale, facciamo presto: se torna la mamma, o babbo dal lavoro, e non mi trovano a casa, per me sono guai."

"Non ti preoccupare, piccolina, la slitta è velocissima e ci possiamo fare un lunghissimo giro in pochissimi minuti."

Nella sera illuminata da molte stelle e soprattutto da una luna tonda tonda, passano poche macchine e poca gente. Siamo quasi solo noi due, io e Babbo Natale, lui avanti e io appresso, trascinata dalla sua mano che stringe forte la mia. Si gira e mi sorride, ogni tanto. E sembra perfino più contento di me. Ha una faccia conosciuta, come se l'avessi già incontrato. Ma io Babbo Natale non l'ho mai incontrato... o l'ho già visto in sogno?

"Babbo Natale, la slitta dove sta, lontano...?"

"No, solo quattro passi ancora, sta dietro questo palazzo, e siamo arrivati."

Giriamo dietro il palazzo. Mamma mia, una strada quasi buia. I lampioni sono quasi tutti spenti, chissà perché. Nemmeno la luna ce la fa a illuminare la strada come si deve. Io mi comincio a spaventare.

"Babbo Natale, ma la slitta dove sta?" Sento che la mia voce è debole, che ho proprio una grande paura adesso. Anche se non so bene di cosa ho paura.

"Giacomina, è tutto a posto, credimi... basta che entriamo in questo portone..."

E mi fa di nuovo un grande sorriso. Anche come sorride ha qualcosa di conosciuto. Come se fosse uno che abita vicino casa mia e ho già incontrato varie volte... Ma Babbo Natale mica abita vicino casa mia!

Per la strada la slitta non c'è. E in quel portone non può esserci entrata, è troppo piccolo. Babbo Natale mi sta dicendo una bugia. E siccome Babbo Natale non dice bugie, allora lui non è Babbo Natale. Lui – adesso mi viene a mente quello che mi dice spesso la mamma – lui forse invece è l'Orco.

Non ci penso due volte. Mi metto a scappare. Non ho gambe lunghe, non sono mai stata veloce, ma corro come non ho corso mai, un razzo, e che razzo! L'Orco travestito da Babbo Natale grida, con un vocione che sembra un tuono: "Perché scappi, Giacomina? Perché scappi... sono Babbo Natale, non vedi...?" E mi insegue. Ma con il grande sacco in spalla e il pancione non riesce a prendermi.

Corro, corro: il cuore mi sbatte in gola, tremo tutta e sudo, e intanto penso come posso fare per salvarmi... Penso al babbo, ma forse è lontano, ancora in clinica. Penso alla mamma. Sì, la mamma. Devo correre verso il supermarket, forse la mia mamma è ancora lì: lei entra per comprare una cosa e ne compra altre dieci.

Con le scarpine nuove, che sono strette, mi fanno male i piedi. Ma forse fanno ancora più male all'Orco gli scarponi che si è dovuto mettere per sembrare Babbo Natale.

Ogni tanto mi volto un momento indietro per vedere se lui è ancora lontano. Sì, è ancora lontano, ma devo stare attenta alla strada che non è bella liscia, ci sono buche e gobbe e, non sia mai casco, l'Orco mi viene subito addosso.

So che è cattivo, che mi vuole fare del male... ma quale male? Cosa mi farebbe se mi acchiappasse? Non ci voglio pensare. Penso a correre. Correre e correre.

Ora vedo il supermarket, con le sue luci forti e allegre. Spero che dentro ci sia ancora la mamma. Ma se no, se fosse già tornata a casa, cosa avrà pensato? E fra le braccia di chi mi dovrei rifugiare se l'Orco entrasse pure lui? Fra le braccia di una commessa dallo sguardo buono che, quando io grido: "Aiuto, aiuto!", subito mi viene incontro e mi stringe fra le sue braccia?

Entro di corsa nel supermarket e quasi inciampo in un carrello. La gente si gira. Ma si gira soprattutto perché appresso a me entra, pure lui di corsa, l'Orco travestito che grida, con la voce più dolce che può: "Giacomina, ma perché scappi? Sono Babbo Natale e ti devo dare un altro regalo... non lo vuoi? È un regalo bellissimo..."

Io strillo: "Non è Babbo Natale, non è Babbo Natale... è l'Orco!" La gente lo guarda attentamente. Lui rallenta, poi si ferma.

La mia voce è unica, non la si può confondere con un'altra. Ed ecco che la mamma mi riconosce, lascia stare una scatola di cioccolatini, e accorre: "Giacomina, cosa fai qui, t'avevo detto... ma cosa sta succedendo, insomma?"

Io le indico l'Orco Babbo Natale. Lui si è fermato a qualche metro da me, e fa la faccia di quello che è meravigliato e dispiaciuto.

Ma non vedo *un* Babbo Natale. Ne vedo *due*. Quest'altro non è un Orco. Ha una faccia che conosco bene: è il babbo, il babbo travestito da Babbo Natale!

La mamma, che fa finta di non averlo riconosciuto, dice: "Lo vedi? È proprio Babbo Natale, è venuto a trovarti a casa per portarti i regali, però non ti ha trovato... ma tu perché stai qui?"

Io non posso dirle che ho aperto al finto Babbo Natale, che è poi l'Orco che mi ha inseguito fino nel supermarket. E non posso dire che ho riconosciuto il babbo: si dispiacerebbero tutti e due, babbo e mamma. Loro vogliono che io ci creda che babbo, travestito per bene, sia proprio Babbo Natale.

Non perdo tempo e gli dico: "Babbo Natale, insegui quello, è finto, è l'Orco travestito!"

L'Orco comincia a fare qualche passo indietro. Poi scappa verso l'uscita.

Il supermarket è grandissimo, l'uscita è lontana. L'Orco, nella sua corsa disordinata, butta per aria cose, carrelli e persone. E il babbo, appresso a lui, fa altrettanti disastri.

Non ce la fanno a raggiungere l'uscita: prima l'Orco, poi il mio babbo, tutti e due inciampano e cascano per terra. E ci rimangono. Ci sarebbe da ridere a crepapelle se acchiappare l'Orco non fosse una cosa seria.

L'allarme è generale. Le commesse, il direttore, i clienti, tutti stanno a guardare i due Babbi Natale per terra, che vorrebbero rialzarsi e non ce la fanno. Non si compra e non si vende più niente. Nel disordine generale, prodotti cadono dagli scaffali, carrelli si urtano e qualche ladruncolo approfitta della confusione per rubacchiare. Io corro verso la mamma che mi aspetta a braccia aperte.

Intanto babbo e Orco sono riusciti finalmente a mettersi di nuovo in piedi. È ricominciata la fuga dell'Orco, l'inseguimento del babbo. L'Orco però ha preso un vantaggio, e sta ormai per scapparsene dall'uscita.

Ma non ha fatto i conti con una vecchietta terribile che trova la forza di alzare la sua busta piena di roba e di sbattergliela in faccia. L'Orco cade come un sacco di patate. La barba finta gli si stacca, gli cade il berretto da Babbo Natale, e tutti possono vedere che è un uomo brutto con grandi labbra disgustose e una vera pancia molle sotto la pancia finta.

Viene chiamata subito la polizia. Poco dopo arriva, se lo porta via di peso fra gli applausi di tutti. Io, la mamma e Babbo Natale, cioè il mio babbo, ci abbracciamo. E la mamma rinuncia a comprare chissà quante altre cose avrebbe voluto, pur di ritornare presto tutti e tre a casa.

Io ho una domanda da fare a babbo: "Come hai fatto a capitare nel supermarket proprio al momento giusto?"

"Vedi, Giacomina, io sono venuto a casa, già vestito così per farti la sorpresa, ma non ti ho trovato... la mia disperazione! Ho telefonato subito alla mamma, le ho detto che non ti avevo trovato, lei mi ha detto di venire qui nel supermarket per vedere insieme che fare..."

Interviene mamma, con una smorfia tenera ma anche severa: "Giacomina, ti dovremmo dare tante tante botte... ti avevo detto di non aprire a nessuno, e tu invece, e io che ti credevo brava e ubbidiente..."

Sono mortificata: sto per raccontare come sono andate le cose, ma di nuovo ci troviamo tutti e tre abbracciati teneramente. E a passi veloci, con grandi sorrisi, ci avviamo verso casa.

Ma, accidenti, cosa succede oggi? Davanti alla porta di casa c'è un terzo Babbo Natale! "Tu che Babbo Natale sei?" gli chiedo subito "E non dire bugie..."

La sua barba è morbida e bianchissima ma con delle macchie scure, i suoi occhi dolci e saggi, il suo sorriso come una carezza. "Sono proprio Babbo Natale in persona, quello vero, ecco..." Poi fa la faccia annoiata: "È da mezz'ora che mi sono calato dal camino, ma in casa non c'era nessuno, e allora mi sono messo ad aspettare davanti alla porta. Bene, finalmente posso consegnare a questa bella e brava bambina il suo meritato regalo." Apre il sacco, ne tira fuori una grande scatola tutta luccicante. "Apri, Giacomina, apri, sono sicuro che ti piacerà." Con le mani che mi tremano dall'emozione, apro. E viene fuori un vestitino da fatina, proprio quello che volevo io: rosa, con le perline rosse, la bacchetta magica e il cappellino a punta.

Non so come ha fatto Babbo Natale a indovinare. Ma non ci sto a pensare su. Gli salto in braccio e mi faccio stringere forte forte.

Però adesso lui deve correre dagli altri bambini. Ci salutiamo in fretta, un lacrimone mi scende sul viso.

È bello vederlo montare sulla slitta che subito vola veloce lontano nel cielo.

Stringi stringi...

Ho abbandonato la lunga familiarità con racconti e raccontini, e mi sono misurato con la dimensione del romanzo. Ho scritto, di getto, *Una vita felina*, storia di una identità sospesa fra umano e animale. Riporto qui alcuni stralci indicativi:

Sono anni che insegno matematica. Ho avuto a che fare, fra colleghi, studenti e genitori, con moltissimi esseri umani con cui ho dovuto e saputo andare d'accordo. Ma senza trasporto ed entusiasmo: la mia passione sono stati sempre gli animali. Soprattutto i gatti.

Questa passione mi viene in eredità da mio padre. E l'ho avuta sin da piccolissimo. Allora abitavo a pianterreno, e la casa affacciava su un minuscolo giardinetto dove erano di passaggio, spesso, dei gatti randagi. Tiravano diritto e, se aprivo una finestra, subito se la davano a gambe. Ma fra loro Chico, un bellissimo gatto dal mantello marmorizzato marrone, invece era ardito: veniva a bussare ai vetri di una finestra con le sue graziose zampotte. Capii subito che, ancora più che cibo e acqua, Chico voleva compagnia, voleva giocare con me. Quindi legai una pallina di carta a uno spago e la feci saltellare per aria. Chico si eccitava e faceva di tutto per acchiapparla. Per quanto mi industriassi di sottrarla alla sua presa, presto vinceva lui: con una zampa portava la pallina alla bocca e la mordeva di gusto.

Un giorno, un giorno terribile, Chico non venne. E non venne mai più. Non potetti sapere se fosse stato rapito – era bellissimo – se avesse cambiato zona, magari scacciato dalla prepotenza di un rivale, o fosse proprio morto investito da un'auto, come succede spesso ai gatti, che chissà perché non sanno attraversare la strada. Rimasi a lungo inebetito, chiuso in una solitudine dolorosissima. Quando qualche adulto, come si usa, mi chiese cosa volevo fare da grande, dissi: il veterinario. Ma intendevo il veterinario solo per gatti.

Da buon matematico, mi sono proposto di definire il numero dei gatti compatibili con la mia casa: per la mia competenza disciplinare nonché per le mie nozioni cattoliche basilari (la Trinità), ho deciso che avrei avuto 3 gatti, e non uno in più.

Ma poi tutto è saltato: ho un animo sensibile, e così mi impietosisco per i gatti randagi, sempre alla ricerca di cibo e riparo. Molti di loro, armato di veri e propri strumenti di cattura, li ho acchiappati e portati a casa. Ma in certi casi sono arrivato troppo tardi: ho trovato ormai morta Macchiottella, una piccola gatta bianca con macchie gialle e marroni che si aggirava innocua nel viale. Le portavo da mangiare e bere, fra le auto parcheggiate. Ma una di queste doveva averla travolta e uccisa. Il mio dolore aveva il sapore dell'impotenza e della rabbia. Accovacciato accanto a lei, non finivo di accarezzarla e di parlarle: "Macchiottella, tu non dovevi morire, tu non dovevi morire, così giovane e bella..." e mi veniva da piangere. Mi trattenevo soltanto per timore che qualcuno di passaggio mi prendesse per un tipo bizzarro: uno che parla e piange davanti a un gatto morto.

Arrivai in pochi mesi a dover badare a ben 23 gatti! Per mantenerli tutti dovevo spendere molto. Troppo per il mio magro stipendio di insegnante. A nulla valevano i miei crescenti sacrifici. Alla fine mi decisi a fare ripetizioni di matematica, perfino a casa loro, a studenti negati per la materia. (La matematica è, per chi vi è predisposto, un lago limpido in cui guazzare sereni; per gli altri è un pantano torbido in cui non si ha voglia di avventurarsi.) Praticai tariffe inferiori a quelle dei colleghi miei competitori, e così attirai molti studenti.

Ma poi ho dovuto proprio smettere: ci è piombata addosso la crisi economica e gli studenti sono diventati pochi, infine pochissimi. Come avrei fatto con i miei 23 gatti? Alcuni li ho regalati, altri me li sono venduti per pochi euro a famiglie danarose. Però alla fine mi sono ritrovato con ben più di 3 gatti: me ne sono rimasti 10! Nessuno di loro l'avrei mai riportato in strada. Non sono un incosciente o una canaglia. Ho ripreso a fare sacrifici, ho ridotto le sigarette, poi le ho proprio eliminate, ho ridotto le quantità e la qualità di tutti i cibi, ho risparmiato su luce, gas, telefono. In conclusione ho perso una diecina di chili. Anche ai gatti ho fatto fare un po' di dieta, ma loro sono rimasti belli grassottelli.

Chi è meglio che muoia prima, io o i miei gatti? Naturalmente i gatti. Ma non perché voglio vivere molto. Solo perché, se muoio prima io, chi baderà a loro? Gianna, la mia compagna, non li ama. Dice che i loro sguardi la spaventano, la ipnotizzano o sembrano giudicarla, perfino condannarla. Lei preferisce i cani. E questo nostro dissidio animale rischia talvolta di condurci alla rottura. Ma lei non sa, io non gliel'ho mai rivelato, che ha fatto subito colpo su di me per i suoi occhi che sono felini, a dispetto della sua cinofilia. Bizzarrie della natura.

C'è stato un periodo in cui sono stato preda del mio velleitario egocentrismo. Volevo nientemeno umanizzare i gatti. Per l'esperimento ho scelto, fra i miei, Codastorta, la gatta più intelligente e affettuosa. Avevo notato che, in braccia a me che leggevo un saggio di matematica, guardava verso il libro e sembrava leggere anche lei. Potevo istruirla nella matematica, pensavo, che è l'unico campo dello scibile che veramente conosco e so insegnare. Con Codastorta dovevo cominciare con esercizi semplici, come se fossimo alle elementari: ho cominciato con 2+2=4. Come facevo? Le sussurravo 2+2=4 e subito le prendevo una zampetta e le toccavo in sequenza i 4 polpastrelli. Cercavo, ripetendo più volte la somma, di farle alzare la zampetta per mostrarmi il risultato, 4 appunto. Ma, dopo vari tentativi a vuoto, Codastorta ha usato la zampa a modo suo, prettamente felino: mi ha dato una fulminea zampata a unghie sguainate. Il dolore fisico non è stato pari alla mortificazione per l'esperimento fallito.

E allora, come non averci pensato prima? La cosa giusta era tutto il contrario: gattizzare gli umani. Cominciando con il gattizzare me. Che cosa avevo in meno di un gatto? Questo era ciò su cui mi dovevo concentrare ed esercitare. Ero meno agile, meno veloce, meno elegante, meno capace di adeguarmi all'ambiente, meno tenace, meno capace di riposare. Un disastro ero. Ho provato vergogna. Dovevo riscattarmi, cominciare un apposito training. L'ho chiamato "Operazione Felinità".

Migliorare la mia agilità, prima di tutto. Il salto in alto. Un gatto è capace di saltare in alto, in media, almeno un metro. Io, da esperto di matematica e geometria, mi sono servito di una proporzione: se un gatto lungo, poniamo, 55 centimetri, salta in alto circa un metro, io che sono 1 metro e 70, dovrei saltare in alto circa 3 metri! Mi sono reso conto che potevo saltare al più la metà, 1 metro e 50. Così ho individuato un armadio circa di quella altezza, ho preso una bella rincorsa, ho spiccato il salto... e sono arrivato con il muso contro le ante. Sono ricaduto all'indietro, ho sbattuto con la colonna vertebrale. I gatti non sanno ridere, altrimenti si sarebbero scompisciati dalle risate. Gianna avrebbe voluto ridere ma in lei hanno prevalso la preoccupazione e la premura. Mi ha sollevato di peso, caspita che forzuta!, e mi ha trascinato dolorante nel letto, dove sono restato per una intera settimana. La mia principale preoccupazione era come lei avrebbe trattato i gatti, lei che non li ama. Ma è stata brava, se l'è cavata abbastanza bene. Però, quando mi sono alzato, finalmente, i gatti mi sono venuti incontro, con le code in su, a farmi grandi festeggiamenti.

Per la prova di velocità, ho scelto la mia gatta più veloce, Mimì. Due anni e un carattere da giocona. L'ho messa per terra affianco a me all'inizio di un viale deserto a cul de sac, lungo più di cento metri, e ho lanciato una palla di gomma più lontano che potevo, praticamente fino in fondo al viale. Mi ero allenato per parecchi giorni cercando di recuperare, almeno in parte, quella velocità che a scuola aveva fatto di me il velocista più ammirato. Io e Mimì siamo scattati, lei un istante prima di me. A metà del percorso mi aveva già staccato nettamente. Allora ho pensato di fare una seconda prova, questa volta concedendomi una decina di metri di vantaggio alla partenza. Ho dovuto sudare per farle capire che doveva rimanere sulla linea di partenza di prima, dieci metri dietro a me: lei mi guardava perplessa per questa novità. Ma quando sono arrivato alla metà del percorso, mi aveva già raggiunto. Al traguardo mi precedeva, ancora una volta, di molti metri. Mi guardava trionfante, o proprio beffarda.

Quanto all'eleganza, conscio di quanto il mio corpo nudo sia inadeguato, con la sua pelle miseramente rosea, per rivaleggiare con le pellicce feline mi sono andato a comprare scarpe, calzini, slip, canottiere, camicie, giacche e pantaloni: tutti leopardati! Ho speso una cifra. La prima che mi ha visto conciato così, è stata Gianna. E' scoppiata a sghignazzare, a piegarsi in due, tanto che non le riusciva nemmeno di spiccicare parola. I gatti, che mi avevano avvicinato prudenti e perplessi a piccoli passi, non ci hanno messo molto a capire che davanti a loro non c'era un enorme goffo leopardo. E meno male che non sanno ridere.

Per l'adeguamento all'ambiente, i mici sono campioni: trovano il posto della casa più caldo quando è inverno, e il posto più fresco quando è estate; sanno dove nascondersi se minacciati, trovano 'nicchie' impensabili, da cui riemergono se e quando loro garba; salgono sui mobili più alti per controllare il territorio e rappresentare la loro supremazia. Io invece debbo imbottirmi di panni d'inverno anche se ho i termosifoni al massimo, e in estate non riesco a trovare la frescura anche se mi metto in mutande e bevo granite; se qualche importuno entra in casa – Gianna apre a tutti – e non mi voglio far trovare, cerco un nascondino, una nicchia adatta a me, ma niente... sono tanto più grande di un gatto, e stare chiuso in un armadio mi è insopportabile per la claustrofobia; di controllare il territorio e rappresentare la mia supremazia, non se ne parla proprio, dato che non ho supremazia sui gatti e tanto meno su Gianna che è solita rimproverarmi e comandarmi a bacchetta più volte al giorno.

Invidio la tenacia felina, esempio di sorniona pazienza. Un gatto è capace di stare fiducioso, sotto un balcone o davanti a una porta di casa, anche per ore, se è abituato a ricevere così, quando che sia, il suo pasto. Io ho provato a fare più o meno altrettanto. Ma è bastata meno di mezz'ora, che Gianna tardava a tornare e preparare il pranzo (io sono un cuoco mediocre), per farmi irritare. Ho cominciato a sbraitare a voce alta. Allora i gatti sono accorsi: più che spaventati o innervositi, avevano sguardi che mi sembravano di commiserazione e disprezzo. Quasi volessero dirmi: "E tu, umano impaziente, vorresti pure gattizzarti?!"

Come mi piacerebbe imitare i mici quando riposano: tante posizioni inventano, a sfinge, a rotolo, su un fianco, a pancia all'aria, a sogliola... e quando nel sonno sognano, come vibrano frementi le loro sottili vibrisse (io ho dei baffi ridicoli al confronto). Ho provato a imitarli, ma dopo pochi minuti, a furia di cambiare posizione per la scomodità, mi sono stirato e anchilosato. A stento ho potuto alzarmi, camminare lentamente tutto storto, con dolori che non conoscevo. Attorno a me, intanto, i gatti si sfrenavano nelle più acrobatiche evoluzioni, senza posa, senza stancarsi mai. Per farmi forse percepire meglio la differenza fra loro e me.

L'Operazione Felinità è fallita miseramente. Sconfitto e umiliato su tutti i fronti. Adesso lo so ancora di più per certo: non è vero che l'essere umano è il culmine del creato. Lo sono gli animali. E, su tutti, il Gatto. Ho voluto riassumere questo pensiero in una frase che a Gianna non è andata giù. Ma non perché ama invece i cani, bensì perché non sopporta quelle che giudica stupidità blasfeme. La mia frase è: "Dio guardò l'Uomo appena creato e pensò: "Posso fare di meglio" e subito creò il Gatto." Io sono uno di quegli umani che ammettono la loro inferiorità: guardo un gatto, un gatto qualsiasi, e mi attanaglia il desiderio acuto e impellente di diventare lui. O almeno perdermi in lui.

Un giorno l'incredibile metamorfosi arriva. Mi sento chiamare, ancora nel dormiveglia mattutino, dalla voce allarmata di Gianna: "Ma che fai, miagoli nel sonno?!" Vorrei rispondere, incredulo e un po' irritato: "Come sarebbe a dire che miagolo?" Ma la voce non mi esce. Dalla bocca viene fuori un miagolio. Un miagolio che non finisce più. I miei gatti cosa penseranno?

Ho deciso di inviare il manoscritto di *Una vita felina* alla casa editrice "FastQuality": ne ho sentito parlare bene da colleghi e conoscenti. Ebbene, dopo soltanto pochi giorni, mi arriva la risposta:

"Gentile Prof. Cajafa, abbiamo letto il suo manoscritto *Una vita felina*. L'abbiamo fatto con la sollecitudine e la professionalità che tutti i nostri autori ci riconoscono. La sua opera è notevole per l'originalità del tema, per la correttezza e l'essenzialità del linguaggio, per quella sottile ironia che Lei sa far trasparire di tanto in tanto, ironia che smorza a dovere gli aspetti drammatici, che da soli potrebbero finire per opprimere un lettore medio. Complimenti quindi, tanto più considerando che Lei ha soltanto una quarantina di anni e che questa è la sua prima opera, come Lei stesso ha tenuto a precisare.

Ma veniamo al problema della pubblicazione. Come Lei sa, come tutti purtroppo dobbiamo constatare, siamo nel pieno di una grave crisi economica che sta colpendo ferocemente anche noi editori. La vendita dei libri è calata paurosamente. Non Le nascondo che combattiamo giorno dopo giorno per evitare di chiudere. Orbene, il suo romanzo, pur ottimo, è troppo lungo per essere messo sul mercato. Dati i costi di produzione, il prezzo di copertina non potrebbe essere inferiore ai 20 euro, e quindi inaccessibile alla maggior parte dei lettori, i quali cercano in prevalenza libri intorno ai 10 euro. Rinunciare allora alla pubblicazione? Certamente no. Il suo lavoro non merita questa ingrata e ingiusta fine. Per renderlo pubblicabile La invitiamo a ridurlo dalle 300 pagine alla metà circa. Un compito molto impegnativo, che però siamo sicuri Lei saprà portare a termine con successo. RinnovandoLe i nostri complimenti, La salutiamo cordialmente. Uberto Franchini, capo redazione"

"Gentile Uberto Franchini, le sottopongo il mio lavoro dopo l'operazione 'dimagrimento', chiamiamola così. Non sono riuscito a dimezzare il numero di pagine, ma sono sceso, con notevole dispendio di energie, da 300 a 200. Mi faccia sapere se così può andare, come qualità del testo e dal punto di vista economico. Cordiali saluti. Corrado Cajafa"

"Caro Prof. Cajafa, Lei ha portato a termine il compito che Le avevamo proposto, in maniera brillante, narrativamente convincente. Purtroppo, però, un nuovo recente calcolo del rapporto fra costi da sostenere e benefici attesi ci costringe ad ammettere che, nemmeno con la riduzione da 300 a 200 pagine, siamo in grado di procedere alla pubblicazione del suo romanzo. Ma questa impresa non finisce qui, stia tranquillo. Siamo talmente entusiasti del Suo testo, e talmente sicuri delle Sue qualità di scrittore, che osiamo proporLe un'ulteriore riduzione: da 200 a 150 pagine. Non si sconcerti, e non molli. Noi crediamo ciecamente in Lei! Un cordiale saluto. Uberto Franchini"

"Gentile Dott. Franchini, la riduzione del mio romanzo da 200 a 150 pagine mi ha fatto molto tribolare. Confesso che ho avuto più volte la tentazione di rinunciare. Ma mi sono ricordato della vostra tenace generosa fiducia nel mio mestiere: questo mi ha sostenuto fino alla fine nell'arduo compito. Oso affermare che il risultato, nonostante tutto, rimane valido. Fatemi sapere. Cordiali saluti. Corrado Cajafa"

"Caro e paziente Prof. Cajafa, qui in redazione contavamo su di una imminente uscita dalla crisi economica, o almeno su di una sua attenuazione. Ciò che non è successo. Soprattutto, occorre dirlo, per i limiti dei nostri politici. Il compito della riduzione da 200 a 150 pagine è stato svolto da Lei in maniera impeccabile. Siamo rimasti, devo dire, sorpresi: le Sue capacità sono perfino superiori a quelle che avevamo già avuto modo di riconoscere.

Ma stante l'attuale situazione del contesto, nemmeno con la riduzione a 150 pagine siamo in grado di pubblicare e promuovere il suo romanzo. E allora? Allora, non ci prenda per pazzi o per sadici provocatori, ma noi osiamo rilanciare, ancora una volta: operi una riduzione da 150 a 100 pagine. Qui "si parrà la Sua nobilitate", come direbbe Dante Alighieri. Lei ce la farà. Auguri sinceri e cordiali per quest'ultima sfida. Uberto Franchini"

"Gentile Dott. Franchini, quest'ultima impresa, ridurre il romanzo addirittura a 100 pagine partendo dalle iniziali 300, mi sembra davvero ardua. Improbabile che io la possa portare a termine da vincitore. Ma nella vita ho sempre accettato le sfide più difficili, perfino quelle al limite dell'impossibile. E inoltre mi sembrerebbe inopportuno e spiacevole, tirandomi indietro, tradire la vostra lusinghiera fiducia nelle mie capacità. Fiducia che mi onora e mi spinge a impegnarmi al meglio. Metterò in atto, con grinta e perseveranza, quello che mi proponete. Cordiali saluti. Corrado Cajafa"

"Esimio Prof. Cajafa... forse, dopo tanto intensa e prolungata frequentazione via mail, sarebbe il momento di darci del tu... ti chiamerò semplicemente per nome. Allora, Corrado, ho letto con molta attenzione, perfino maggiore di quella professionale solita, la tua ultima riduzione di *Una vita felina*. Debbo dire subito che, in questa ingrata reiterata operazione di drastici tagli, hai dimostrato pazienza, fiducia, tenacia, lungimiranza, carattere e mestiere.

Purtroppo, però (sì, debbo dire purtroppo) il testo finale ha perso lo smalto originario, ciò che lo rendeva notevole: non c'è più il profondo scavo psicologico nella mente del protagonista, si è persa la sottile ironia, i drammi rimangono poco motivati e superficiali, il respiro e il ritmo della storia, prima così calibrati e sapienti, si sono contratti, vinti da un'ansia di conclusione che disturba la lettura... Mi sento naturalmente mortificato per averti suggerito una strada che si è rivelata un vicolo cieco: il testo finale non va, non posso pubblicarlo. Sono stato io a sbagliare. Avrei dovuto indirizzarti subito a un grande editore, in grado di stampare e promuovere il tuo lavoro nella stupenda redazione iniziale. Ma sono sicuro che lo troverai tu stesso. E che avrai un grande successo, di critica e di pubblico. *Ad maiora*. Uberto"